사랑스러운

사랑이야기

사랑스러운
사랑이야기

초판 1쇄   2017년 06월 23일

지은이   이종호
발행인   김재홍
디자인   이유정, 이슬기
교정·교열   김진섭
마케팅   이연실

발행처   도서출판 지식공감
브랜드   문학공감
등록번호   제396-2012-000018호
주소   경기도 고양시 일산동구 견달산로225번길 112
전화   02-3141-2700
팩스   02-322-3089
홈페이지   www.bookdaum.com

가격   12,000원
ISBN   979-11-5622-294-1 03810

CIP제어번호   CIP2017013394
이 도서의 국립중앙도서관 출판예정도서목록(CIP)은 서지정보유통지
원시스템 홈페이지(http://seoji.nl.go.kr)와 국가자료공동목록시스템
(http://www.nl.go.kr/kolisnet)에서 이용하실 수 있습니다.

문학공감은 도서출판 지식공감의 인문교양 단행본 브랜드입니다.

당신처럼 놀랍고 특별한 사람을
만난 것은 하늘의 축복입니다

사랑스러운
사랑이야기

이종호 지음

Lovely
Love
Story

문학공감

사랑하는 나의 펌킨에게

내 인생 최고의 변화는
당신과의 위대한 만남을 통해 시작되었고
그 만남을 통해 진정한 나를 발견할 수 있었습니다.
난 지금 최고의 삶을 살고 있습니다.
그야말로 전성기를 누리고 있습니다.
지금까지 당신 없이 어떻게 살아왔는지 모르겠습니다.
이제 우리는 둘 보다는 하나라는 말이 더 잘 어울립니다.
진정한 '나'로 살아갈 수 있도록 도와준 당신에게
향기 나는 한 송이의 꽃으로 기억되고 싶습니다.
당신은 내가 눈감을 때까지
가슴에 고이 담아가고 싶은 사람입니다.
감사의 표현으로 이 책을 당신께 드립니다.
사랑을 듬뿍 담아…

Love is a serious mental illness
— *Plato*

Contents

올해에만 38,711,592명이 태어났습니다.
전 세계에 7,496,908,875명이 살고 있습니다.
이렇게 많은 사람들 중에서
당신과 연이 닿아 사랑에 빠지게 된 건
참으로 감동적이고 기적 같은 일입니다.

- 「선택된 사람」 중에서

어
느
날

갑자기

—

어느 날 갑자기
불쑥 들어왔습니다.
내 꿈을 완벽하게 이루어 줄
당신이 말입니다.
당신의 사랑 덕에
많은 축복을 받고 있습니다.
삶의 진정한 목적을 찾았기 때문에
지금 난
내가 될 수 있는 모든 것이 될 수 있습니다.

The greatest happiness of life is the conviction
that we are loved; loved for ourselves, or rather,
loved in spite of ourselves.

— Victor Hugo

—

우리의 사랑을 정성껏 가꿉니다.
아름다운 정원을 가꾸듯이 말입니다.
정원을 가꾸는 일은
모험과도 같습니다.
여간 힘든 일이 아닙니다.
하지만
부러움의 대상이 될
사계절 아름답게 꾸며질 우리의 정원은
하느님을 기쁘게 할 것입니다.
오늘도 온 정성을 다하겠습니다.

All, everything that I understand, I only understand because I love.

— Leo Tolstoy

—

사랑을 찾으려 노력했습니다.
그러나 사랑은 내 옆에 없었습니다.
마음을 읽어보려 노력했습니다.
그러나 내 마음을 알 수 없었습니다.
당신을 만나고 나서야
모든 것을 찾게 되었습니다.
당신에게 감사합니다.

We are shaped and fashioned by what we love.

— Johann Wolfgang von Goethe

—

나의 마음은 당신의 것.
언제나 당신의 것.
당신을 향한 나의 사랑은
지금 시작하여 영원히 끝나지 않는
축복 가득한 여행입니다.

Remove self-love from love, and not much
would be left.

— *Nicholas Chamfort*

—

아름다운 당신의 미소는
나의 하루를 밝게 비춰주는 햇빛…
감미로운 당신의 목소리는
나의 가슴을 은은하게 울리는
세상에서 가장 달콤한 멜로디…
지금
난 당신에게 한없이 빠져들고 있습니다.

Love, like virtue, is its own reward.

— John Vanbrugh

—

당신은 내 마음에 새겨져 있습니다.
가슴에 아로새겨져 꺼지지 않는 희망의 불꽃이 되었습니다.
당신의 순수한 사랑은 나의 영혼 깊이 자리 잡고 있습니다.
당신을 위해 숨 쉬고, 당신을 위해 삽니다.
내가 길을 잃고 고독할 때
당신은 나의 유일한 희망이 되어주었습니다.
내 남은 여생을 같이 보내고 싶은 사람은
오로지 당신뿐 입니다.
나의 온 마음을 다해 당신을 사랑합니다.
당신을 만난 것은 운명이었고
당신을 친구로 삼은 것은 나의 선택이었지만
당신과 사랑에 빠진 것은 내가 어찌하지 못했습니다.

Love built on beauty, soon as beauty, dies.

— John Donne

—

내가 아침에 눈을 뜨는 이유
미소를 짓는 이유
삶이 힘들 때 당신은 손을 건네고 날 이끌어 줍니다.
당신의 눈, 미소, 그리고 웃음
이 모든 것이 오로지 당신만을 원하게 합니다.
당신에게 뿜어 나오는 달콤함과
당신 내면의 아름다움은
나를 점점 깊은 사랑에 빠져들게 합니다.
울적하거나 기분이 가라앉을 때
당신과 함께 한 시간을 회상해 보면
모든 것이 다시 좋아 보이기 시작합니다.
아무런 문제가 없습니다.
오로지 넘치는 기쁨만 남습니다.

It is impossible to love and be wise.

— Francis Bacon

행
복
한

노래

—

라디오에서 흘러나오는 노래를
열심히 따라 부르고
소소한 일상 이야기에도 깔깔거리며 웃는
당신의 얼굴을 힐끔 쳐다봅니다.
그리고 몰래 다짐해 봅니다.
항상 미소가 가득할 수 있도록
행복이 영원할 수 있도록
계속 행복한 노래를 부를 수 있도록
내가 꼭 그렇게 만들어주겠다고.

If you love yourself too much, nobody else will
love you at all.

— Thomas Fuller

—

지금도 당신을 생각합니다.
이것이 요즘 내가 하고 있는 일의 전부입니다.
당신 생각은
그 자체가
그리움이자 기쁨입니다.
내 생각의 시작이자 끝인 당신…
때와 장소를 가리지 않고
얼빠진 사람처럼
나는 당신 생각에 빠져있습니다.
심각한 병에 걸린 것 같습니다.

Life without love is like a tree without blossoms
or fruit.

— Khalil Gibran

—

한없이 넓은 마음을 가진
당신을 바라보고 있노라면
내 심장의 박동은 빨라집니다.
어느새
당신의 심장이 나의 가슴에서 뛰는 걸 느끼게 됩니다.
환희의 파노라마가 펼쳐지면서
내 자신과 세상 전체를
더욱 사랑하고 싶은 욕구가 생깁니다.

Love is an irresistible desire to be irresistibly desired.

— Robert Frost

—

당신은 내 기쁨의 발원지이며
내 세상의 중심
내 영혼의 주인입니다.
당신을 찾았기 때문에
나는 더 이상
천국에 가려고 노력하지 않아도 됩니다.
당신이 함께함에
나는 이미 천국에서 살고 있습니다.
더 꾸고 싶은 꿈도 없어진 듯합니다.

It is only with the heart that one can see rightly.

— Antoine de Saint-Exupery

—

어둠을 뚫고 나오는 새벽 일출을 바라봅니다.
당신과 함께할 수 있는
소중한 하루가
또다시 나에게 주어졌다는 사실은
그 자체로 기적입니다.
오늘도 하느님은 나를 보호해 주시고
당신은 나를 사랑 안에 머물게 합니다.
서로의 아름다운 마음을 나누는
우리 사랑의 언어는
오늘도 행복한 하루를 열어줍니다.
하느님과 당신에게 감사합니다.

There is only one happiness in life, to love and
be loved.

— George Sand

—

당신을 만날 수만 있다면
난 뜨거운 사막을 걷고
험준한 돌산을 오르며
주저 없이 바다에 뛰어들어 파도와 씨름할 것입니다.

A very small degree of hope is sufficient to cause
the birth of love.

— Stendhal

당신과의 하루하루가
내가 바라던 꿈보다 몇 배나 좋으니
잠을 이룰 수 없을 정도로 가슴이 벅차오릅니다.
내일도 분명히 태양은 떠오를 것이고
마찬가지로
내 심장도 분명히 당신만을 위해서
세차게 세차게 뛸 것입니다.

Real love stories never have endings.

— Richard Bach

—

완벽하게 보이지 않을 수도 있습니다.
그럴 필요도 없습니다.
애당초부터
신은 인간을 완전한 존재로 만들지 않으셨습니다.
하지만 내 눈에 당신은 거짓말처럼 완벽합니다.
남들이 뭐라 해도
나에게는 당신이 홀로 완벽하다는 사실이
중요할 뿐입니다.

당신은
새로운 시작
희망 가득한 미래
그리고 따뜻한 나의 영혼을 약속하는
떠오르는 태양과도 같습니다.

Love doesn't make the world go 'round. Love
makes the ride worthwhile.

— Franklin P. Jones

—

새로운 사랑은 달콤합니다.
진실한 사랑은 더욱 달콤합니다.
그러나 가장 달콤한 사랑은 당신의 사랑입니다.
당신과 몇 번이고 사랑에 빠지고 싶습니다.
그것이 나의 유일한 바람입니다.
당신과의 사랑에 영원히 빠져있고 싶습니다.
그것이 나의 유일한 희망입니다.

A heart that loves is always young.

— Greek Proverb

첫 번째로 _____

좋은 일 _____

사랑을 위한 시 017

—

당신과 사랑에 빠진 것은
세상에서 두 번째로 좋은 일입니다.
왜냐하면 당신을 만난 것이
첫 번째로 좋은 일이었기 때문입니다.

The love we give away is the only one we keep.

— Elbert Hubbard

29

—

당신을 사랑하는 것은
숨을 쉬는 것과 같습니다.
전혀 힘이 들지 않고
지극히 자연스러우며
내 삶에 없으면 절대 안 됩니다.

Love is an act of endless forgiveness, a tender
look which becomes a habit.

— Peter Ustinov

사랑스러운 사랑이야기 💬

—

만약 신께서
천사들이 지키고 있는
천국 문 앞에선 나에게
살면서 가장 사랑했던 것이
무엇이냐고 물어보신다면
나는 한 치의 망설임 없이
당신이라고 말할 겁니다.

The sweetest of all sounds is that of the voice of
the woman we love.

— Jean de la Bruyere

—

당신과 함께하고 싶은 마음이 드는 건
오직 두 번뿐입니다.
지금 그리고 영원히.

Everything comes to us from others. To be is to
belong to someone.

— Jean Paul Satre

—

당신은
내가 제일 좋아하는
안녕 인사
나의 가장 힘든
작별 인사

Love is not in our choice but in our fate.

— John Dryden

—

내가 생각하는 최고의 사랑은
마음을 눈뜨게 하는 것
더욱 배려하게 만드는 것
마음속에 작은 불씨 하나를 심는 것
평안한 안정의 씨앗을 뿌리는 것입니다.
내 한평생
이런 최고의 사랑을 당신에게 주고 싶습니다.

To love is to place our happiness in the happiness of another.

— Gottfried Wilhelm von Leibnitz

—

사람들은 말합니다.
어떤 것은 말하지 않은 상태로 두는 것이 더 좋다고
하지만 내가 당신을 얼마나 흠모하는지
얼마나 세심히 보살펴 주고 싶은지
말해주고 싶습니다.
몇 마디 말로는 적절히 표현해낼 수 없을 정도로
당신을 사랑하고 있습니다.
사람들은 말합니다.
사랑은 한 번 빠지는 것이라고
그러나 난 그것을 사실로 받아들이지 않습니다.
왜냐하면 당신을 처음 만난 이후로
나는 매일 매일 당신과 새롭게 사랑에 빠지기 때문입니다.

Love shall be our token; love be yours and love
be mine.

— Christina G. Rossetti

—

이 세상
그 누구도
그 어떤 것도
당신처럼
내 일상을
더 밝고
아름답게 가꾸고
가치 있게
만들지는 못합니다.
오로지 당신만이
잘할 수 있습니다.

We can't command our love, but we can our actions.

— Arthur Conan Doyle

—

당신을 만난 이후로
내 인생은 여러모로 좋아졌습니다.
사랑스럽고 부드러운 손길로
당신은 내 인생을 진실되고 풍성하게 만들었습니다.
감사합니다. 감사합니다. 감사합니다.
온 마음을 다해
당신을 사랑합니다.

Love is the beauty of the soul.

— St. Augustine

—

어느 순간부터
사랑을 믿지 않게 되었습니다.
그러나 지금은 아닙니다.
당신의 진실한 사랑을 믿습니다.
당신의 사랑으로 완전히 압도된 나.
우리가 서로의 사랑으로 영원히 압도되면 좋겠습니다.

Love is the star that lights our souls throughout
our life and beyond.

— Patricia Sierra

―

우연히 만났습니다.
선택과 자유의지로 친구가 되었습니다.
그리고 운명적으로 서로에게 끌렸습니다.
사랑에 빠지는 것을 그 누구도 막을 수 없었습니다.
당신은 나의 태양
내 밤의 달과 별
그리고 내 마음의 평화가 되었습니다.

I never knew how to worship until I knew how
to love.

— Henry Ward Beecher

당
신
이

좋아요

—

나를 미소 짓게 하는 당신의 방식을 좋아합니다.
마음을 활짝 열게 만드는 당신의 향기를 좋아합니다.
무엇보다도
당신 같은 특별한 사람과 함께
세상 모든 시간을 보내는 것을 좋아합니다.

To love and be loved is to feel the sun from both
sides.

— David Viscott

—

당신을 향한 내 사랑과 헌신은
결코 멈추지 않을 것이며
내가 살아 숨 쉬는 동안
계속 성장해 나갈 것입니다.
오로지 당신 곁에 머물고 싶습니다.
행복하고 따스한 마음이 들기 때문입니다.

Love is missing someone whenever you're apart,
but somehow feeling warm inside because you're
close in heart.

— Kay Knudsen

—

처음 만났을 때
당신이 특별한 사람이라는 걸 단번에 알 수 있었습니다.
나의 사랑은
그 이후로 줄곧 커져만 갑니다.
당신의 사랑은 어떤가요?
난 평생 당신과의 만남을 간절히 원했던 것 같습니다.
내 마음은 이제로부터 영원히 당신의 것입니다.
당신은 내 인생의 전부입니다.
가장 특별한 존재입니다.

Love is a feeling that can be given without re-
grets

— Patricia Sierra

—

길을 잃고 헤매고 있을 때 당신은 나를 찾아주었습니다.
두려움에 떨고 있을 때 당신은 나를 안심시켜주었습니다.
외로움에 사무칠 때 당신은 내 곁을 지켜주었습니다.
행복합니다.
모두 당신 덕뿐입니다.
지금 나에게는 사랑이라는 든든한 나침반이 있습니다.
두려움 없는 세상이 지평선 끝까지 활짝 펼쳐져 있습니다.
외로움 그 끝에서
당신은 양팔을 벌려 날 감싸 안아줍니다.
내 마음은 다시 뛰고 있습니다.
당신과 사랑에 빠졌기 때문입니다.

If a thing loves, it is infinite.

— William Blake

내
사랑과

애정

—

내 모든 사랑을 그대에게 전합니다.
세상 그 누구도
당신처럼 날 웃게 만들 수 없습니다.
내 인생을 특별하게 만들어주어 고맙습니다.
당신이 얼마나 소중한지 표현하기 어렵지만
평생 동안 내 사랑과 애정은 보여줄 수 있습니다.

Nothing is impossible to a willing heart.

— John Heywood

—

당신과 함께 만들어가는 우리들의 이야기는
마치 동화 속의 아름다운 이야기 같습니다.
로맨틱한 영화 속의 사랑스러운 이야기 같습니다.
당신은
세상에서 가장 운 좋은 사람이
바로 나라고 느끼도록 만드는
놀라운 재주를 가지고 있습니다.

Once you truly believe you're worthy of love, you
will never settle for anyone's second best treat-
ment.

— Charles J. Orlando

—

장미는 붉고
제비꽃은 파랗습니다.
진부하고 유치하게 들릴 수 있지만
사실 말하고 싶은 건
당신을 무척이나 사랑하고 있다는 것입니다.
나보다 더 당신을 사랑할 수 있는 사람은
아마도 없을 것입니다.
아니
결단코 없습니다.

Life is the flower for which love is the honey.

— Victor Hugo

—

당신의 미소
당신의 손길
당신과의 키스
우리가 만약 서로 다른 운명을 걸어갔더라면
나는 많은 것을 놓치고 살았을 것이 분명합니다.
밤하늘에 반짝이는 별보다
아침에 힘차게 떠오르는 태양보다
당신은 아름답습니다.
운명 같은 사랑은 바로 당신입니다.

Love is the special feeling that brightens all our
days, and the secret to its meaning is found in
simple ways.

— Kay Knudsen

―

나의 전부인 당신은
내 마음, 내 기쁨, 내 사랑입니다.
당신은 내 삶에 가장 특별한 사람입니다.
솔직히 내가 당신 없이 무엇을 할 수 있을지 모르겠습
니다.
당신처럼 놀랍고 특별한 사람을 만난 것은
하늘의 축복입니다.

Love is life...and if you miss love, you miss life.

— Leo Buscaglia

—

"당신을 사랑해"
자연스러운 흥얼거림
재미있지 않나요?
운명적인 사람을 만난 후에야
비로소 이 작은 말 한마디가
진정으로 의미하는 바를 이해할 수 있을 것입니다.

Sometimes you need to run away just to see who
will come after you.

— Lisa Brooks

―

헤이즐넛 에클레어처럼
달콤한 사랑이 가득하기 전
내 과거의 아픈 삶을 회상해봅니다.
당신 없는 삶은
정말 볼품없고 초라하고 한심하기 짝이 없었습니다.
가끔
"당신 없이 잘 살 수 있을까?" 라는 질문을 해봅니다.
그럴 때마다 답은 없고 상상조차 하기 싫어집니다.
그러나 다행입니다.

왜냐하면
사랑하는 당신이 내 옆에 있고
사랑은 항상 우리의 곁을 지켜줄 것이고
우리는 모든 것을 함께 헤쳐나갈 것이기 때문입니다.

To understand the meaning of true love, you
must first surrender to it.

— R. M. Hoffnagle

—

자물쇠는 열쇠가 필요합니다.
저마다 다른 형태, 길이, 각도의 열쇠가 있지만
오직 하나뿐인 자물쇠와 열쇠 짝꿍만이 존재할 뿐입니다.
당신은 내 마음을 연 열쇠가 되었습니다.
우리는 완벽한 짝꿍입니다.
서로를 위해 존재하고 태어났습니다.
어떠한 의심의 여지도 없습니다.

I cannot imagine a life in your absence. You are
like the breath of air that I need to live, the drop
of water in a thirsty desert. I need you like a bird
needs the skies to go higher.

— Constantine Jake

—

진정으로 사랑을 베푸는 것이
얼마나 쉬운지 일인지
당신은 나에게 직접 보여주었습니다.
나는 더 이상 어둠 속에 숨어 있을 필요가 없습니다.
당신은 모든 사랑을 투하할 사람으로
나를 선택하였습니다.
소중한 내 사랑…
사랑에 빠지다 보니
나의 사랑을 당신에게 베풀고 싶어집니다.
모든 것을 다 퍼주고 싶습니다.

Love is but the discovery of ourselves in others,
and the delight in the recognition.

— Alexander Smith

—

특별한 사람이 옆에 없는
세상은 가혹하리만큼 차디찹니다.
나에게 특별한 사람이 되어주고
행복하게 만들어준 당신에게 감사합니다.
지금 세상은 사막처럼 뜨겁습니다.
기분 좋게 말입니다.

Love is the only flower that grows and blossoms
without the aid of the seasons.

— Kahlil Gibran

—

아시나요?
내가 얼마나 당신을 소중히 여기는지?
아시나요?
내가 얼마나 당신을 생각하는지?
말로 표현할 수 없을 만큼
보여 줄 수 없을 만큼
당신을 사랑합니다.

With love one can live even without happiness.

— Fyodor Dostoyevsky

—

친한 친구로 시작했습니다.
그러나 지금
당신이라는 사람은
내게 훨씬 더 많은 것을 의미합니다.
처음엔 상상도 못 했습니다.
당신이 내 마음을 이 정도로
정복할 줄은

Love is the magician that pulls man out of his
own hat.

— Ben Hecht

—

우리의 사랑이 영원하기를 간절히 바래봅니다.
남아있는 삶 동안
당신을 사랑하고 아끼겠습니다.
다른 그 어떤 것보다 당신을 좋아합니다.
내 사랑과 헌신은
영원히 지속될 것입니다.

Love is like a beautiful flower which I may not
touch, but whose fragrance makes the garden a
place of delight just the same.

— Helen Keller

—

"사랑합니다."
다섯 개의 간단한 글자로 이루어졌지만
이 표현은 많은 힘과 의미를 담고 있습니다.
다른 모든 표현의 질투를 살 정도로…
당신이 내 옆에 있다는 사실만으로
온 세상 모든 사람들이 질투하는 것처럼…

The heart wants what it wants. There's no logic
to these things. You meet someone and you fall
in love and that's that.

— Woody Allen

—

내 인생에 혁명을 일으킨 당신…
머리끝에서 발끝까지 당신은 나를 바꾸고 성장시킵니다.
내 마음속으로 더 깊숙이 들어오세요.
오실 때 선물로 당신의 미소만 가지고 오세요.
자리 한 칸 마련하고 마중 나가겠습니다.

Love is anterior to life, posterior to death, initial
of creation, and the exponent of breath.

— Emily Dickinson

—

다양한 언어로 쓰여진
수많은 사랑 노래가 있습니다.
얼마나 많은지 알 수 없을 정도로 말입니다.
당신을 위해 그중 하나를 고르고 싶지만
내가 당신께 느끼는 감정을
표현하는 가장 좋은 방법은
결국 그냥 여기에 적는 수밖에 없네요.
"나는 당신을 사랑합니다."

When you trip over love, it is easy to get up. But
when you fall in love, it is impossible to stand
again.

— Albert Einstein

—

나의 사랑은
빨간 장미꽃과 같습니다.
욕망, 열정, 기쁨, 아름다움, 절정…
다섯 장의 아름다운 꽃잎은
결코 시들거나 변색되지 않습니다.
좋은 향기가 납니다.

We are shaped and fashioned by those we love.

— Johann Wolfgang von Goethe

–

지금까지 많은 선물을 받았지만
당신은 그중 최고이고
내가 가장 소중히 여기는 선물입니다.
당신과 함께 있을 때마다
매 순간을 더 소중히 여기게 되고
당신과 떨어져 있을 때마다
함께 할 시간을 더욱더
간절히 원하게 됩니다.

To love is nothing. To be loved is something. But
to love and be loved, that's everything.

— T. Tolis

당신
더하기 사랑을 위한 시 050

나는

—

당신 더하기 나는 '우리'입니다.
그리고 '우리'는
내가 머물기에 가장 행복한 울타리입니다.
당신과 함께 지내면서 많은 것을 배웠습니다.
그 밖의 모든 것들도
당신에게 열심히 배우고 싶습니다.
'우리'라는 그곳에서 행복하게

Love is like war: easy to begin but very hard to
stop.

— H. L. Mencken

—

하늘 높은 곳에 계신 하느님께서는
나에게 큰 축복을 내려주셨습니다.
보잘것없는 나에게
특별한 당신을 보내주셨기 때문입니다.
당신을 만나고 나서
나는 하느님과 더욱 가까워졌습니다.
평화가 넘칩니다.

Love will draw an elephant through a key-hole.

— Samuel Richardson

—

당신과 함께하는 시간이 늘어납니다.
점점 더 당신을 사랑하게 됩니다.
눈을 감아도
얼굴을 바라보고 있어도
당신이 옆에 없어도
나는 당신을 내 마음속에서 느낍니다.
온 마음을 다하여 당신을 사랑합니다.

Love is an untamed force. When we try to control it, it destroys us. When we try to imprison it, it enslaves us. When we try to understand it, it leaves us feeling lost and confused.

— Paulo Coelho

—

내 마음과 영혼을 다하여
당신을 사랑할 수밖에 없습니다.
당신은 나를 세상에서
가장 행복한 사람으로 만들어 주었기 때문입니다.
나보다 훨씬 더 표현력 좋은
유명한 시인의 말을 빌려
당신을 향한 내 마음을
전하고 싶은 유혹에 빠집니다.

하지만
세련된 표현이 아니더라도
투박하더라도 받아주세요.
그냥 내 방식대로 전하겠습니다.
당신은 진정한 내 사랑입니다.

If you live to be a hundred, I want to live to be
a hundred minus one day so I never have to live
without you.

— A. A. Milne

—

사랑한다는 말
쉽지 않았습니다.
사…
이마저도 꺼내는 것이 쉽지 않았습니다.
그러나 이제는
당신과 함께 있기 때문에
다행히도 "사" 다음에
무슨 글자들이 따라와야 하는지
잘 알고 있고
잘 사용할 수 있습니다.

You can love someone so much… but you can
never love people as much as you can miss them.
— John Green

▬

세상은
내 정원이고
당신은
내 정원 안에 핀
가장 아름다운 꽃입니다.

Love each other in moderation. That is the key
to long-lasting love. Too fast is as bad as too
slow.

— William Shakespeare

—

믿음으로 쌓아 올리는 우리의 관계는
시간이 지날수록 더욱 견고해집니다.
매일 아침 태양이 떠오르는 것처럼
달이 지구를 맴도는 것처럼
때가 되면 계절이 바뀌는 것처럼
시인이 시 한 편을 쓰는 데 고통이 필요한 것처럼
나는 당신을 원합니다.

I have decided to stick to love; hate is too great a
burden to bear.

— Martin Luther King, Jr

—

당신은 나의 영원한 사랑입니다.
당신 말고
나를 올바르게 이해할 수 있는 사람은 아무도 없습니다.
어떤 상황에서도 나에게 위안을 주고
파도치는 바다를 고요하게 잠재우는 당신…
나와 이렇게까지
밀접한 관계를 가져 본 사람은 아무도 없습니다.
우리의 만남은 운명입니다.
분명하고 틀림없습니다.

It is not a lack of love, but a lack of friendship
that makes unhappy marriages.

— Friedrich Nietzsche

—

마술처럼
있는 그대로의 모습으로
나를 받아들이고
있는 그대로의 모습으로
당신을 사랑할 수 있습니다.
당신 곁에 있을 때에는

You don't love someone for their looks, or their
clothes, or for their fancy car, but because they
sing a song only you can hear.

— Oscar Wilde

—

수 세기 동안
최고의 시인들과 작가들은
이 놀라운 느낌인 사랑을
글로 표현하기 위해 부단히 노력했고
개념을 잘 정의해냈습니다.
하지만
난 나만의 방식으로 사랑을 표현하겠습니다.
당신을 사랑한다고
뒤에서 꼭 안고
귀에 속삭이겠습니다.

Lots of people want to ride with you in the limo,
but what you want is someone who will take the
bus with you when the limo breaks down.

— Oprah Winfrey

당신이 내 인생으로
걸어 들어오기 전에는
깊고 완벽하게
사랑하는 방법을
찾지 못했습니다.
하지만
이제
당신 덕분에
나는 사랑 전문가입니다.

You don't love someone because they're perfect,
you love them in spite of the fact that they're not.

— Jodi Picoult

—

내 삶에서
가장 중요한 사람에게
나의 큰 사랑을 전합니다.
당신은
아이스크림 맨 위에 있는
단 하나뿐인
체리와 같은 존재입니다.

People must learn to hate and if they can learn to
hate, they can be taught to love.

— Nelson Mandela

—

이 세상에서
가장 행복한 사람은
바로 나입니다.
당신과 함께 보낸 모든 시간을
난 영원히 기억하고
감사할 것입니다.
내 인생을 환히 밝혀준
유일무이한
그대 때문에
정말 기쁩니다.

A dream you dream alone is only a dream. A
dream you dream together is reality.

— John Lennon

—

당신에게 닿기 위해
사랑에 안착하기 위해
둘러 가야만 했습니다.
직항편을 구하기 어려웠습니다.
미성숙한 사랑도 경험했습니다.
참으로 어렵고 험난한 항해였습니다.
하지만 고통 없는 사랑이 어디에 있을까요?
당신은 과거에서 빠져나와
성장할 수 있도록
내게 소중한 기회를 주었습니다.
이제 당신에게 전부를 걸겠습니다.
다시 시작입니다.

If I know what love is, it is because of you.

— Herman Hesse

—

우리가 함께 한 모든 순간들은
정말 아름답습니다.
감사할 따름입니다.
당신은 내 인생을 훤히 밝혀주고
세상에서 가장 행복한 사람으로 만들어주셨습니다.
말로 표현할 수 없을 정도로
당신을 사랑합니다.

당신이 나에게 베풀어 준 모든 것들과
가져다준 넘치는 행복 때문에
지금 난 많은 빚을 지고 있습니다.
아무리 생각해도
충분히 갚을 수 있는 방법은 없는 것 같습니다.
다가오는 미래에는
꼭 갚을 수 있게 되길 소망합니다.

Better to have lost and loved than never to have
loved at all.

— Ernest Hemingway

—

당신을 얼마나 곁에 두고 싶은지
알려주고 싶습니다.
당신에게 향기로운 꽃을 선물해 주고 싶지만
곧 시들어버릴 것입니다.
당신에게 초콜릿을 주고 싶지만
곧 녹아 없어질 것입니다.
하지만 내 안의 사랑의 원천은
영원히 사라지지 않을 것이기 때문에
당신에게 나의 사랑만 드리렵니다.

The best and most beautiful things in this world
cannot be seen or even heard, but must be felt
with the heart.

— Helen Keller

—

당신을 처음 만났을 때
나는 이런 놀라운 모험을 떠나게 될 줄은
꿈에도 생각하지 못했습니다.
내가 내린 결정 중 당신은 단연 최고입니다.
당신을 사랑한다고 말할 때마다
내 자신이 무척이나 자랑스럽습니다.
당신은 내 인생을 가치 있게 만드는
전부입니다.

Pleasure of love lasts but a moment. Pain of love
lasts a lifetime.

— Bette Davis

—

내 연인이자
가장 친한 친구인 당신은
신이 내려준 완전한 선물입니다.
한때 내 인생은 어두운 그림자였습니다.
당신은 그런 내 인생에
행복과 빛을 가져다주셨습니다.
나는 언제나 당신을 영원히 사랑할 것입니다.
자신 있게 삶에 맞설 것입니다.

At the touch of love everyone becomes a poet.

— Plato

최선을 다할 것입니다

—

우리의 사랑을 지켜내기 위해
난 실질적인 목표를 똑똑하게 설정하고
멋진 계획을 세우며
이를 실행하기 위해
계속해서 노력할 것입니다.
최선을 다할 것입니다.

Where there is love there is life.

— Mahatma Gandhi

—

매일 매일
나는 당신과 새롭게 사랑에 빠지는 것을 느낍니다.
우리의 몸이 융해되고
하나 되는 것을 느낍니다.
힘 하나 못 쓰고
포로가 되고 인질이 됩니다.
당신 말고 지금까지 아무도
이런 느낌을 나에게 주지 못했습니다.
이런 느낌 좋습니다.
평생 원합니다.

If you would stop looking in the mirror and only
look at yourself the way I look at you, you would
know that you are not only precious but also the
most beautiful person ever.

— Donald Risks

—

사랑은 최고의 행복입니다.
사랑은 행복을 가져다줍니다.
행복은 사랑의 깊이를 더해줍니다.
당신은 나의 최고의 행복이자 진정한 사랑입니다.
당신을 향한 나의 사랑은
햇빛 보다
달빛 보다
별빛 보다
더 빛나고 영원합니다.

One is loved because one is loved. No reason is
needed for loving.

— Paulo Coelho

—

사랑은 높은 장벽을 무너뜨리고
악을 이기고
세상을 더욱 아름답게 만듭니다.
사랑합니다.
당신에게 불가항력으로 끌립니다.
나는 무슨 일이 있더라도
우리의 관계를 영원히 지속하기로 결정했습니다.
다시 말하자면
당신은 내게 일어난 최고의 사건입니다.

Why do we have to listen to our hearts? Because,
wherever your heart is, that is where you'll find
your treasure.

— Pavlo Coelho

—

내 인생을 송두리째
뒤집어 놓은 말
"사랑해"
참
소박하지만
귀중합니다.
당신처럼.

And in the end, the love you take, is equal to the
love you make.

— Paul McCartney

—

내 꿈을 현실로 만들어 준
달콤하고, 배려심 많고, 헌신적인 당신은
찬란히 빛나는 보석입니다.
우린 서로 다르지만
어떤 면에서는 매우 비슷하기도 합니다.
기억해야 할 가장 중요한 사실은
우린 진실되고 소박한 사랑을 서로 공유한다는 것입니다.

When I saw you I fell in love, and you smiled
because you knew.

— William Shakespeare

—

행복하게 만들어 주어서
독창성을 인정해 주어서
애착을 느끼게 해 주어서
살뜰히 보살펴 주어서
감동을 주어서
등불이 되어 주어서
생화학적 이상 현상이 나타나게 해주어서
코르티솔 수치를 높여주어서
더 많은 옥시토신을 필요하게 해 주어서
감사합니다.
그리고 당신의 모든 것을 사랑합니다.

My bounty is as boundless as the sea, My love as
deep; the more I give to thee, The more I have,
for both are infinite.

— William Shakespeare

—

활짝 웃는 얼굴을 볼 때마다
가슴에 꼬옥 안을 때마다
귓바퀴에 입을 대고 사랑을 속삭일 때마다
내 안의 천국을 발견하게 됩니다.
당신은 밭에 감춰진 보화
나의 모든 소유와
맞바꿀 수 있을 만큼 너무나 귀한
극히 값진 진주 하나

Love is never lost. If not reciprocated, it will flow
back and soften and purify the heart.
— Washington Irving

—

알고 있나요?
어떤 사람이 사랑의 열병에 앓고 있다는 사실을?
당신과 미치도록 사랑에 빠졌다는 사실을?
누군지 아시나요?
그 사람은 바로 '나'입니다.
내 하나뿐인 소원은
당신을 내 가슴에 꼬옥 안아 주는 것입니다.
태양, 달, 별, 그리고 지구가
모두 사라져 없어질 때까지
오랫동안 아주 오랫동안
당신을 사랑하고 싶습니다.

Love is all, it gives all, and it takes all.

— Soren Kierkegaard

—

사랑한다는
당신의 말과 달콤한 목소리를
절대로
지루해하지 않을 것입니다.
그리고 난
당신을 사랑한다고
귀에 속삭일 것입니다.
언제까지나
따분하고 싫증이 날 정도로 많이.

Hatred is blind, as well as love.

— Oscar Wilde

—

분명하게 말합니다.
내 곁에 당신이 없다면
안 봐도 뻔합니다.
내 인생은 보나마나 입니다.
'불완전'입니다.
'미완성'입니다.
한마디로
'별로'입니다.

I cannot imagine a life in your absence. You are
like the breath of air that I need to live, the drop
of water in a thirsty desert. I need you like a bird
needs the skies to go higher.

— Constantine Jake

—

얼마나 많은 시간이 나에게 남아 있을까요?
삼십 년? 사십 년?
많이 남아 있길 간절히 바라지만
정확히 알 길은 없습니다.
죽고 사는 것은 오직 신에게 달려 있을 뿐…
그러나 확실한 것은
인간이기에 영원히 살 수 없고
사랑을 나눌 시간이
그리 많이 남아 있지 않다는 것입니다.
오늘이 내 삶의 마지막 날인 것처럼
마지막 숨을 거두는 그 순간까지
당신을 새롭고 뜨겁게 사랑해야 하는 이유입니다.

We are most alive when we're in love.

— *John Updike*

—

우리가 처음 만난 날을 기억하나요?
내 심장은 터질 듯 뛰었습니다.
당신도 나와 함께하고 싶어한다는 사실을 깨달았을 때
믿기 어려웠습니다.
많은 시간이 흐르고 난 지금도
나의 심장은 여전히 빠른 속도로 뛰고 있습니다.
사랑합니다.

You are imperfect, permanently and inevitably
flawed. And you are beautiful.

— Amy Bloom

—

내가 하고 싶은 건
당신과 함께할 수 있는 그 모든 것.
내가 생각하는 건
오직 당신뿐.
내가 듣고 싶은 건
당신의 목소리.
내가 당신을 미치도록 사랑하고 있다는
분명한 표징.

A man wants to be a woman's first love; a woman wants to be his last.

— Oscar Wilde

—

사람들은 시간이 약이라고 말합니다.
그러나 나는 그 말에 동의하지 않습니다.
진정한 치유는
사랑을 통해서만 이루어진다고 믿기 때문입니다.
치명적인 상처를 입었던 나의 마음은
가장 좋은 것만 주고
나의 안녕을 진심으로 원하는
당신의 사랑으로
완전히 치유되었습니다.
당신은 최고의 약입니다.
가장 효과적인 치료법입니다.

Being deeply loved by someone gives you
strength, while loving someone deeply gives you
courage.

— Lao Tzu

—

따스한 햇살 같은 당신 때문에
모든 순간에 사랑이 있음을 알고
행복한 하루를 보냅니다.
나의 내면이 단단해지고 있음을 느끼고
삶의 의미를 충분히 가지게 됩니다.
당신은 내 안에 있는 자아를 끌어냅니다.
자유롭고 안전하다는 느낌과 함께…
무조건적으로 내 심장을 당신에게 내맡기게 됩니다.
당신을 사랑하게 허락해 주어서 감사합니다.
이제 삶이 무엇을 요구하든
받아들일 수 있습니다.

No matter where I went, I always knew my way
back to you. You are my compass star.

— Diana Peterfreund

—

당신과 함께할 수 있다면
무엇이든지 기꺼이 포기할 수 있습니다.
당신에게 갈 수만 있다면
가장 험한 산도 기쁘게 올라갈 것입니다.
당신을 향한 나의 마음을 제대로 전할 수만 있다면
묵묵히 천 편의 시를 쓸 것입니다.
사랑으로 보답하고 사랑을 돌려주는 당신
오늘도 나의 심장이 당신의 심장으로 들어갑니다.
당신과 나의 삶을
하나로 만들고 싶습니다.

I love you, not for what you are, but for what I
am with you.

— Roy Croft

—

나를 완벽하게 완성해 주는
마지막 퍼즐 한 조각을 찾을 수 없어
많이 고통스러웠습니다.
그 어디에도 없다고 생각했습니다.
그래서 많은 것을 포기한 채 살기도 했습니다.
하지만
평생 찾아 헤매던 그 마지막 퍼즐 한 조각을
드디어 찾았습니다.

어느 순간부터 선명하게 보이기 시작한 당신…
결국 아름다운 퍼즐은 이렇게 완성되고
기쁨이 넘쳐 흐릅니다.
당신은 내가 그토록 애타게 찾던
마지막 퍼즐 한 조각입니다.

Loving is not just looking at each other, it's looking in the same direction.

— Antoine de Saint-Exupery

＿

당신은 분명히 하느님이 보내준
하늘의 천사임이 틀림없습니다.
당신의 사랑은 나에게 일용한 양식이 되어
나의 사랑을 무럭무럭 자라게 합니다.
하느님께서 만드신 모든 창조물 중에서
당신은 단연 최고입니다.
그리고 난 '행운아' 중에 '행운아'입니다.

I love you and that's the beginning and end of
everything.

— F. Scott Fitzgerald

—

말로 전부를 표현할 수 없습니다.
드러나는 감정이 전부는 아닙니다.
생각에도 한계가 있습니다.
말과 감정과 생각으로는 항상 부족함을 느낍니다.
얼마나
당신을 사랑하고 있는지 표현해낼 방법이 없습니다.
그러나 확실한 사실은
내 정신과 마음을 흔드는 모든 것들 중에서
당신이 최고의 자리에 앉아 있다는 것입니다.
오늘도 내 마음은 기웁니다.
당신을 열망합니다.

I want everyone to meet you. You're my favorite
person of all time.

— Rainbow Rowell

—

당신과 떨어져 있는 날
고통의 감정을 보이는 날.
당신과 다시 만나는 날
기쁨과 안도의 날.
자나 깨나 당신을 생각하는 날
희망과 기대를 낳는 날.
당신을 처음 만난 날
내 인생 최고의 날.

To the world, you may be one person, but to one
person you are the world.

— Bill Wilson

—

당신은 내게
이루 말할 수 없는
편안함과 행복감을 줍니다.
당신 생각 없이
단 하루도 온전히 보낼 수 없습니다.
당신은 내 세상의 중심입니다.
당신을 생각할 때마다
100원짜리 동전이 하늘에서 떨어진다면
나는 이미
세계에서 가장 부유한 사람이 되어 있을 것입니다.

My love for you is past the mind, beyond my
heart, and into my soul.

— Boris Kodjoe

—

당신에게 완벽을 기대하지 않겠습니다.
나와 다른
고유의 역사와 세계가 있는 당신은
오랫동안 행복하게
사랑에 마음을 열어놓고 있으면 됩니다.
그냥 서로의 간극을 메워 나가면 됩니다.
비현실적인 기대를 설정하는 것은
서로에게 힘든 결과를 가져올 뿐입니다.

누구도 이런 기대를 채우지 못할 것이며
서로에게 상처가 되며 실망하게 될 것입니다.
당신이 완벽하지 않더라도
그럼에도 불구하고
나의 이익과 요구를 넘어서
계속 당신을 보살피고 지지하겠습니다.

Love isn't love until you give it away.

— Oscar Hammerstein

—

조금이나마 사랑이 무엇인지 안다고 생각했었습니다.
그러나 당신을 만나고 나서야 깨달았습니다.
아무것도 모르면서 착각하고 살았다는 걸
난 지금 당신을 진심으로 사랑하고 있습니다.
내 말을 믿으시나요?
당신은 믿으셔야 합니다.
당신이 송두리째 가져간 내 자아에 대한 주권을
되찾고 싶은 생각이 눈곱만큼도 없기 때문입니다.
내 삶에 없어서는 안 되는 소중한 두 가지가 있습니다.
당신 그리고…
잠깐!
다시 생각해 보니
단 한 가지뿐이네요.

Love is an education in itself.

— Eleanor Roosevelt

—

당신은 가장 사랑스럽고 특별하고 소중합니다.
그래서인지
나는 당신과 사랑에 빠지기가 너무 쉬웠습니다.
제일 쉬웠습니다.

You will always be the answer, when somebody
asks me what I'm thinking about.

— Lisa Brooks

동기부여 _____

된 _____

상태

—

한 번도 내 자신을
운이 좋은 사람으로 여겨본 적이 없지만
당신의 심장이 내 심장으로 들어온 이래로
난 세상에서 가장 운이 좋은 사람이 되어버렸습니다.
우리의 사랑은
상호의존의 유대 속에서 잘 자라나고 있습니다.
서로의 이상을 계속 추구할 수 있는 방법을 찾도록 돕
고 있습니다.
난
사랑의 완성을 목표로
동기부여 된 상태입니다.

If you try to control love, it will turn to dust. If
you let love control you, you can fly.

— Katharine Treibic

—

당신의 미소 때문에
나의 얼굴에도 미소가 흐릅니다.
당신의 행복해하는 모습 때문에
나는 행복합니다.
내 마음은 통제불능이 된 지 이미 오래됐습니다.
당신의 사랑 테러에 속수무책으로 당하고 있습니다.
당신이 무엇을 어떻게 한 건지 모르겠으나
나의 최대한의 주의와 지원이 당신에게 집중하게 됩니다.
당신이 너무나 특별하고 소중하기 때문에
나는 당신을 사랑합니다.

To love is to admire with the heart; to admire is
to love with the mind.

— Trish Streeter

三

—

역시
느낌을 잘 표현해낼 수 있는 단어를 찾는 건
어려운 일입니다.
당신과 관련된 모든 형용사를 노트에 적어 봅니다.
어여쁜, 다정다감한, 헌신적인, 귀여운, 자비로운…
너무 많아 여기에 다 쓸 수 없을 정도입니다.
이쯤 되면 가장 간단한 표현 방법이
오히려 가장 효과적일지도 모르겠습니다.

나는 당신을 사랑합니다!
당신의 환한 미소,
당신의 편안한 토닥거림,
깔깔대는 웃음
내가 살아야 할 이유입니다.
당신에 대한 연민을 느끼고
감정을 나누는 이 위대한 일을
오랫동안 계속하고 싶습니다.

If you live to be a hundred, I want to live to be
a hundred minus one day so I never have to live
without you.

— A.A. Milne

—

가랑비에 옷이 흠뻑 젖는 줄 몰랐습니다.
슬그머니 '나'에서 '우리'가 되어있는 줄은
더더욱 몰랐습니다.
비가 내려도 기분 좋은 밤입니다.

We are each of us angels with only one wing,
and we can only fly by embracing one another.

— Luciano de Crescenzo

\-

당신은 햇살입니다.
기쁨입니다.
내 영혼의 짝입니다.
보시다시피 표현력이 많이 부족합니다.
빈약하여 원망스럽습니다.
마음속 느낌을
글로 잘 담아낼 수 있다면 얼마나 좋을까요?
이 시대 최고의 작가라 불리겠지요?
유창하게 사랑의 언어를 구사할 수 있도록
매일 매일 최선의 노력을 다하렵니다.

Love looks not with the eyes, but with the mind.
And thus is winged Cupid painted blind.

— William Shakespeare

—

초가 모여 분이 되고
분이 모여 시가 되고
시가 모여 하루가 되고
하루가 모여 주가 되고
주가 모여 달이 되고
달이 모여 해가 됩니다.
요즘 들어 부쩍
시간이 빨리 흘러가는 느낌입니다.
사랑한다는 말 없이
그냥 하루를 보내기엔
인생은 허무하리만큼 짧은 것 같습니다.

True love is the unearned compliment, the gift
forever giving.

— Burke Day

—

전적으로
완전히
격하게
그리고
어리석을 만큼
당신과 사랑에 빠졌습니다.
이보다 더 좋을 수는 없습니다.

To love someone is to be the only one to see a
miracle invisible to others.

— Francois Mauriac

—

내가 당신과 공유하고 싶은 몇 가지…
내 꿈
내 디저트
내 키스
내 이야기
내 농담
내 마음
그리고 내 인생…

The moment of that kiss contained every happy
moment I had ever lived.

— Paulo Coelho

미

쳤

나

봅니다

—

눈병에 걸렸습니다.
당신밖에 안 보입니다.
가벼운 정신이상 증세를 보입니다.
오로지 당신뿐이라는 강박 관념이 생겼습니다.
예전보다 덜 자유롭고
극단적인 감정 기복에 시달립니다.
열정적으로 당신에게 끌립니다.
강렬한 끌림에 압도된 상태입니다.
살짝 당신에게 미쳤나 봅니다.

We all need each other.

— Leo Buscaglia

—

나는 아직도
당신의 사랑을 믿습니다.
힘든 시기가 찾아와도
흔들림 없이
당신을 굳게 믿겠습니다.
내가 얼마나
당신을 사랑하고
필요로 하며
오랫동안 함께하고 싶은지 모를 겁니다.
여전히 우리의 관계가 안전하고 느낍니다.
당신도 그러하길 바라겠습니다.

If I had a flower for every time I thought of you,
I could walk in my garden forever.

— Alfred Tennyson

—

당신 덕에
언제 어디서나 우리의 사랑을 볼 수 있습니다.
내 삶에 일어나는 모든 좋은 변화에서…
미래를 향한 모든 희망과 꿈속에서…
내 마음 모든 곳에서…

My love for you is like a pearl, in ways much
more than one. It started small, and now is big,
it's growing never done.

— William N. Braswell, Jr

—

원래부터
우리는 만나기로 되어 있었고
처음부터
그렇게 계획되어 있었으나
슬기롭지 못하고 눈이 어두워
멀리 돌아오게 되었습니다.
그래서 조금 늦었습니다.
미안합니다.
면목은 없지만
많이 사랑합니다.

Come grow old with me, for the best is yet to
come!

— Robert Frost

당신과 _____
커피 _____ 사랑을 위한 시 105

—

당신과 커피
양쪽 다
매우 뜨겁습니다.
양쪽 다
강렬히 내 심장을 뛰게 합니다.
아침에 눈 뜨자마자
첫 번째로 원하고
간절히 찾게 됩니다.

Sometimes I can't see myself when I'm with you.
I can only just see you.

— Jodi Lynn Anderson

—

내 사랑…
당신은 여러 부분에서
제 인생을 풍성하게 만들어주었습니다.
당신은 단순하고 일상적인 모든 것들을
특별하게 바꿔주었습니다.
나를 새로운 가능성의 세계로 인도해준 당신…
스스로는 발견할 수 없었던
아름다움의 시작과 끝을
한 번에 보여주었습니다.

If you love someone, tell them… because hearts
are often broken by words left unspoken.

— Pamela Davanjo

시간
그리고
장소

—

네 옆자리⋯
내가 가장 좋아하는 장소⋯
너와 함께 하고픈 시간⋯
지금
그리고
영원히⋯

True love doesn't happen right away; it's an ever-
growing process. It develops after you've gone
through many ups and downs, when you've suf-
fered together, cried together, laughed together.

— Ricardo Montalban

—

고통과 슬픔을 이해해 주는 것이
사랑하는 이에게 줄 수 있는 가장 큰 선물입니다.
이해는 사랑의 다른 말입니다.
이해 없는 사랑은 불가합니다.
진정한 사랑은…
확신, 신선함, 자유, 아름다움, 평화를 가져다줍니다.
우리들 마음속에 살아 숨 쉬고 있는 것에 대한
깊은 감사와 기쁨을 찾을 수 없다면
이는 진정한 사랑이 아닙니다.

There is never a time or place for true love. It
happens accidentally, in a heartbeat, in a single
flashing, throbbing moment.

— Sarah Dessen

우리의 사랑은

—

우리의 사랑은……
뜸을 들이면 들일수록 더 맛있어지는 수프처럼
오래된 부드럽고 편안한 청바지처럼
모든 악기가 조화로운 오케스트라의 심포니처럼
오르락내리락 하지만 스릴이 넘치는 롤러코스터처럼
처음에는 서로 충돌하지만
나중엔 잘 어울리는
올리브 오일과 비니거처럼 되었으면 좋겠습니다.

Love yourself. It is important to stay positive
because beauty comes from the inside out.

— Jenn Proske

사랑해
단번에 달까지 달려갔다가
다시 지구로 돌아올 만큼…

When you arise in the morning, think of what a
precious privilege it is to be alive - to breathe, to
think, to enjoy, to love.

— Marcus Aurelius

넘
치
는

평화

—

오늘도
당신이 내 시야에서 벗어나지 않고
가까이 있다는 사실만으로도
내 마음은 평화가 넘칩니다.

The best thing to hold onto in life is each other.

— Audrey Hepburn

—

올해에만 38,711,592명이 태어났습니다.
전 세계에 7,496,908,875명이 살고 있습니다.
이렇게 많은 사람들 중에서
당신과 연이 닿아 사랑에 빠지게 된 건
참으로 감동적이고 기적 같은 일입니다.
애정 어린 웃음이 아름다운 당신…
난 종종 내 볼을 꼬집어 봅니다.
당신이 정말 존재하는지
꿈은 아닌지 확인하기 위해서 말입니다.
시간이 흘러갈수록
나는 더욱더 절실히 깨닫게 됩니다.
당신과 함께 미래를 보는
내가 얼마나 특별히 선택된 사람인지 말입니다.

They do not love that do not show their love.
— William Shakespeare

사랑스러운 사랑이야기

—

눈에서 눈물이 떨어지는 이유는
슬프기 때문입니다.
마음 한 편에 자리 잡은 깊은 서러움 때문입니다.
그러나 나의 눈물은
슬퍼서 흐르는 것이 아닙니다.
나의 눈에서 눈물이 떨어지는 이유는
당신이 나의 안전기지가 되어주고
나의 눈물에 행복을 가득 채워주기 때문입니다.
당신을 좋아하는 감정이 솟아납니다.

The greatest healing therapy is friendship and
love.

— Hubert H. Humphrey

—

애초에 왜
당신과 사랑에 빠졌는지
기억을 더듬어 보았습니다.
점점 멀어지는 나의 자아를 보며
당신에게 항복하고 싶어졌습니다.
당신의 요구와 자아를
내 요구와 자아만큼
중요하게 생각하게 되었습니다.

간단히 말해서
내가 대접받고 싶은 대로
당신을 대접하고 싶어졌습니다.
그래서
난 당신과 그렇게
사랑에 빠지게 되었습니다.

And in her smile I see something more beautiful
than the stars.

— Beth Revis

—

당신의 마음을 들여다봅니다.
그럴 때마다
난 수천 개의 다이아몬드를 합친 것보다
더 영롱하게 빛나는
당신의 아름다움과 마주하게 됩니다.
사랑이 내 마음속을 마구 헤집고 다니지만
난 좋아서 그대로 놔둡니다.
자유롭게 다니렴
내 사랑아…

Let us always meet each other with smile, for the
smile is the beginning of love.

— Mother Teresa

—

오늘 당신과 심하게 다퉜습니다.
결국 당신의 눈물을 보고야 말았습니다.
어디서부터 잘못된 것인지
무엇을 어떻게 해야 하는지 잘 몰랐습니다.
그런 나에게 당신은 "사랑해"라고 말해줍니다.
심지어 나의 상처를 꼭 치료해 주겠다고 약속합니다.
오직 당신만이
날 치료해주면 좋겠습니다.
사랑하는 그대여
한 말씀만 하소서
내가 곧 나으리이다.

Love is like a virus. It can happen to anybody at
any time.

— Maya Angelou

—

떨어지는 게 두려운 나에게
당신은
지극히 감미롭게 날 어루만지며
귀에다 한 마디 사랑의 말을 속삭입니다.
"나는 날개를 가지고 있어."
나보다 더 나를 이해해 주고 있는 당신…
당신만 바라보며 해바라기 같은 사랑을 하렵니다.
지금처럼 행복한 적은 없습니다.

If music be the food of love, play on.

— William Shakespeare

—

사랑을 찬양하는
수많은
노래,
이야기
시가 있습니다.
전부 아름답습니다.
하지만
절대로 끝나지 않고 계속되는
우리의 사랑 이야기가 최고입니다.

Love is friendship that has caught fire. It is quiet
understanding, mutual confidence, sharing
and forgiving. It is loyalty through good and
bad times. It settles for less than perfection and
makes allowances for human weaknesses.

— Ann Landers

먼 거리

―

지구에서 제일 먼 거리는
북극과 남극 사이가 아닙니다.
사랑하는 당신이
내 마음을 몰라 줄 때
난 멀고 먼 거리를 느낍니다.

We loved with a love that was more than love.

— Edgar Allan Poe

사랑스러운 사랑이야기 💬

—

살다 보면
좋아하는 것들이 생기게 됩니다.
어두운 밤의 고요한 달빛
파도소리를 들으며 마시는 한잔의 커피
여행 전날 밤의 설레는 마음…
하지만 그 어떤 것도
당신과 견줄 수 없습니다.
절대로.

Love is not a matter of counting the years - it's
making the years count.

— Michelle St. Amand

—

하느님은 우리에게
모든 걸 두 개씩 주셨습니다.
눈
귀
팔
손
발
폐

그런데 왜 심장은 하나만 주셨을까요?
내 심장이 당신의 심장으로 들어갈 때
답이 어렴풋이 보이기 시작했습니다.
둘이 하나가 될 때
비로소
그 신성한 하느님의 뜻을 알게 되었습니다.

Faith makes all things possible... love makes all
things easy.

— Dwight L. Moody

—

난 당신을 지구 멸망 때까지 믿고
많은 것을 사랑으로 보상해주고
차이와 변화를 달갑게 받아들이고
불일치를 인내하고 타협하며
사랑이 정지되어 있지 않도록
당신 곁에서
헌신적으로 노력하는
치어리더가 되고 싶습니다.

내가 당신 오른편에 앉아
미약하지만 확실한 힘이 되어드리겠습니다.
기운을 북돋아 드리겠습니다.
그러니 부디
날 당신의 치어리더에
임명하소서.

Love is composed of a single soul inhabiting two
bodies.

— *Aristotle*

—

고요한 밤
하늘 위에서 날 바라보던 달이 조용히 물어봅니다.

"널 아프게 하는 그 녀석을 그냥 떠나면 되잖아?"

작은 한숨을 내쉰 후 난 달에게 물어봅니다.

"넌 하늘을 떠날 수 있어?"

다시 고요한 밤은 계속됩니다.

A flower cannot blossom without sunshine, and
man cannot live without love.

— Max Muller

―

당신에게
사랑과 감사와 축복의 말만 하겠습니다.
당신의 기억을
감사와 축복으로 가득 채우겠습니다.
사람이 천사의 말을 하면 천사가 되고
악마의 말을 하면 악마가 되는 건
당연한 이치입니다.
그 말 그대로 열매가 맺히니
내가 사는 한평생
당신을 미워하지 않고
축복하며 살겠습니다.

Love all, trust a few, do wrong to none.
— William Shakespeare

당
신
없이는

못살아

━

나의 여덟 자 러브스토리: 당신 없이는 못살아.

There is no love without forgiveness, and there is
no forgiveness without love.

— Bryant H. McGill

사랑스러운 사랑이야기 💬

과연 무엇?

—

미니 없는 미키.
우드스탁 없는 스누피.
푸우 없는 티거.
당신 없는 나는 과연 무엇?

Never above you. Never below you. Always be-
side you.

— Walter Winchell

사랑하는
것과

믿는 것

—

"당신을 믿습니다"가
"당신을 사랑합니다"보다 더 좋습니다.
사랑하는 것과 믿는 것은 다릅니다.
사랑은 하지만 믿지 못할 수 있습니다.
그러나 믿는 사람은 항상 사랑할 수 있습니다.
내가 당신을 믿고
당신이 나를 믿기 때문에
우린 같이 잘 지낼 것입니다.

I am in you and you in me, mutual in divine love.
— William Blake

—

내가 만약
삶을
다시 시작할 수 있다면
지금보다
더 일찍
당신을 만나고 싶습니다.
그래야만 더 오래 사랑할 수 있으니…

My heart is like a singing bird.

— Christina Rossetti

아름다운 사람은
눈을 열게 합니다.
똑똑한 사람은
머리를 열게 합니다.
사랑스러운 당신은
나의 닫힌 마음을
활짝 열게 합니다.

Today I begin to understand what love must be,
if it exists... When we are parted, we each feel
the lack of the other half of ourselves. We are
incomplete like a book in two volumes of which
the first has been lost. That is what I imagine
love to be: incompleteness in absence.

— Edmond de Goncourt

—

당신이 혼자서 외로울 때
다정한 말벗이 되어 드리겠습니다.
당신이 서러워 울고 싶을 때
기댈 수 있는 든든한 어깨가 되어 드리겠습니다.
당신이 끌어안고 싶을 때
폭신한 곰 인형이 되어 드리겠습니다.
당신이 웃음을 원할 때
우스꽝스러운 코미디언이 되어 드리겠습니다.
내 이름만 불러준다면
기쁜 마음으로
당신에게 뛰어가겠습니다.

The real lover is the man who can thrill you just
by touching your head or smiling into your eyes
or just by staring into space.

— Marilyn Monroe

—

여기저기 돌아다녀 봅니다.
다양한 사람의 이야기를 들어봅니다.
특별한 경험도 많이 합니다.
하지만
당신이 내 곁에 없으니
별 의미가 없습니다.
재미도 없습니다.

Love is the silent saying and saying of a single
name.

— Mignon McLaughlin

—

지구의 중력 때문에
내가 당신에게
빠진 건 아닙니다.

It is really rare to find someone you really, really
love and that you want to spend your life with
and all that stuff that goes along with being mar-
ried. I am one of those lucky people. And I think
she feels that way too. So the romantic stuff is
easy because you want them to be happy.

— Harry Connick, Jr.

—

밤이 깊어 갑니다.
"잘자 내 꿈 꿔."
작별 인사를 한 지 이미 오래되었지만
아직도 잡은 손 놓지 못하고
문 앞에 서서
이렇게 이야기꽃을 피우고 있습니다.
포옹만 벌써 5번째입니다.
매일
작별 인사가 이렇게 힘듭니다.
무엇이 그렇게 아쉬운지
시간이 참 많이도 걸립니다.
나도 이런 내가 그저 신기할 따름입니다.

Love is a portion of the soul itself, and it is of
the same nature as the celestial breathing of the
atmosphere of paradise.

— Victor Hugo

사랑스러운 사랑이야기

—

이런저런 소박한 이야기를 함께 나누고 싶습니다.
당신의 차가운 손을 내 주머니로 가져와
따스하게 녹여주고 싶습니다.
맑은 날이나, 비 오는 날이나, 눈이 오는 날이나
당신에게 달콤한 입맞춤을 해주고 싶습니다.
언제든지 나의 어려움을 당신에게 말하고
도움을 청하고 싶습니다.
가까운 거리에서 당신의 아름다움을 찬양하고 싶습니다.
거짓으로 사랑한다는 말을 하지 않으며
모자람 없이 온전하게
당신을 사랑하고 싶습니다.

A man's kiss is his signature.

— Mae West

앞뒤가 안 맞더라도
당신의 이야기라면
끝까지
경청하며
들어주겠습니다.

The word 'romance,' according to the dictionary,
means excitement, adventure, and something
extremely real. Romance should last a lifetime.

— Billy Graham

사랑스러운 사랑이야기

당
신
의

목소리

—

중독성 강한 당신의 목소리…
아무리 들어도 질리지 않습니다.
들어야 마음이 놓입니다.
조금 듣거나 아예 못 들은 날엔
금단현상이 최고조에 달하게 됩니다.
당신의 목소리에 완전히 중독되었습니다.
아름다운 아리아를 부르는 소프라노의 목소리보다
성당에 울려 퍼지는 웅장한 파이프 오르간의 울림보다
당신의 목소리는 훨씬 더 감미롭습니다.
내 귀엔 최고입니다.

So the lover must struggle for words.

— T. S. Eliot

—

우리의 관계는
흔들리지 않는 신뢰를 바탕으로
친밀하면서 안정적이면 좋겠습니다.
관계를 통해
서로가 서로에게 얼마나 필요한 존재인지
알아가면 좋겠습니다.
눈감는 순간까지
동행의 기쁨을 나누고 싶습니다.

If you love someone, set them free. If they come
back they're yours; if they don't they never were.
— *Richard Bach*

—

이번엔
정말 아름다운 사랑을 하고 싶습니다.
내 인생을 바치고 싶습니다.
내 삶의 전부를 드리고 싶습니다.
혼자 짊어지고 가던 모진 나의 삶의 무게를
덜어준 고마운 당신을
나보다 더
아껴주고 싶은 마음이 우러나옵니다.
약속합니다.
정말 아름다운 사랑을 할 겁니다.
이런 기회는 두 번 다시 찾아오지 않을 것이기에…

There is always some madness in love. But there
is also always some reason in madness.

— Friedrich Nietzsche

—

멀어져 가는 당신의 뒷모습을 조용히 바라봅니다.
순간 마음이 짠해집니다.
내 마음 깊은 곳에 잠재되어 있는
여러 가지 감정을 건드리며
유유히 헤엄쳐 다니는 당신…
파란 하늘을
오렌지빛으로 물들이는 석양은
당신의 뒷모습과 함께 하나의 멋진 그림으로 완성됩니다.
내 마음속에 새겨진 당신은
감동을 불러일으키는 명작입니다.

If you find someone you love in your life, then
hang on to that love.

— Princess Diana

—

스위스의 심리학자 칼 융(Carl Gustav Jung)은
이런 말을 하였습니다.
"You are what you do, not what you say you'll do."
그렇습니다.
말은 행동을 절대 이길 수 없습니다.
나는 당신에게 사랑을 행동으로 보여주겠습니다.
그래서 말을 아끼려고 합니다.

Love and compassion are necessities, not luxuries. Without them humanity cannot survive.

— Dalai Lama

—

오늘도 처리해야 할 일들이
책상 위에 산더미처럼 쌓여있습니다.
잠시 하던 일을 멈추면
난 어김없이 당신 생각을 하게 됩니다.
당신은
나에게 수만 가지 감정을 느끼게 해 줍니다.
사랑에 흠뻑 빠진 나에게
당신의 사랑보다 더 좋은 것은 없습니다.
오늘도 나에게 최고의 하루를 선물해 준
당신에게 감사합니다.

To witness two lovers is a spectacle for the Gods.
— Johann Wolfgang von Goethe

—

당신에게 사랑받고 있다는 것을 느낄 때
내 마음은 무한정 따스해지고
앞을 가로막고 있는 그 어떤 어려움도
별로 큰 문제가 되지 않습니다.

He that is jealous is not in love.

— Saint Augustine

———

당신을 만나기 전에는
평범한 삶을 살았습니다.
당신을 만난 후에는
가슴 뛰는 삶을 살고 있습니다.
당신의 특유한 미소가
세상을 바꾸지는 못하지만
확실하게 나를 바꾸고 있습니다.
사랑한다는 말을 전하는 데 필요한 시간은 1초뿐입니다.
그러나 내 사랑을 당신에게 보여주는 데 필요한 시간은
평생입니다.

There is no remedy for love but to love more.

— Henry David Thoreau

—

당신과 감정적으로 친밀해지고 있습니다.
당신 곁에서 안전함을 느낍니다.
내 안의 두려움, 불편함, 슬픔, 부끄러움, 그리고 실망…
부정적인 감정 때문에 더 이상 불안하지 않습니다.
나의 나약함과 취약점을 이젠 숨기지 않아도 됩니다.
감정적으로 친밀한 우리의 관계는
생각보다 훨씬 단단합니다.

Don't forget to love yourself.

— Soren Kierkegaard

—

당신의 얼굴을 바라보고 있으면
난 부자가 됩니다.
멀리서도 한눈에 알아볼 수 있는 당신의 얼굴…
그 안에 내가 원하고 필요로 하는 모든 것이 보입니다.
하루 종일 찰싹 붙어 있어도
작별인사를 건네는 순간 바로 그리워지는 당신…
내가 당신을 얼마나 사랑하는지 알고 싶나요?
그렇다면 내 얼굴을 보세요.

지금 현재를 누리고
당신의 마음을 잘 돌보며
살아있는 삶을 살고 있는
나의 행복한 모습을
금시에 찾을 수 있을 것입니다.
사랑의 표징이
내 얼굴에 가득하다는 것을 쉽게 알게 될 것입니다.

Love is the joy of the good, the wonder of the
wise, the amazement of the Gods.

— Plato

—

매 순간
떠오르는 감정과 용감하게 마주하겠습니다.
부정적인 감정의 원인과 이유를 면밀히 찾겠습니다.
그런 다음
대안을 모색하겠습니다.
언제나
올바른 결정을 통해
행동으로 사랑을 보여드리겠습니다.
그런 나를 계속 응원해 주시겠습니까?

Love is the only sane and satisfactory answer to
the problem of human existence.

— Erich Fromm

—

선물을 받고, 칭찬을 받고, 따스한 지지를 받을 때마다
빚진 마음이 들 수 있습니다.
하지만
사랑의 울타리 안에서
갚아야 할 빚은 없습니다.
사랑은
갑절로 커져
부메랑처럼
다시 돌아오기 때문입니다.

Whatever our souls are made of, his and mine
are the same.

— Emily Bronte

—

의사소통 방식이
서로 다르기 때문에
종종
통역하기가 쉽지 않습니다.
하지만
'감사'는 쉽게 통역을 할 수 있습니다.
항상 이해가 됩니다.

The best proof of love is trust.

— Joyce Brothers

▬

당신은
사랑받기 위해
태어난 사람입니다.
사랑받을 만한
충분한 능력과 자격이 있습니다.
당신에게
사랑 말고는
아무것도 주지 않겠습니다.

Love is a better teacher than duty.

— Albert Einstein

낭
비
할

시간

사랑을 위한 시 150

—

인생은 짧습니다.
하루 종일 당신을 사랑해야 하는데
시간이 모자랍니다.
내 곁에 있는 당신의 마음을
즐겁게 하기 위해서는
조금도 낭비할 시간이 없습니다.

Love isn't something you find. Love is something that finds you.

— Loretta Young

사랑스러운 사랑이야기

—

우리 앞에
좋은 것만 놓여 있길 원하지만
맑은 날이 있으면
비 오는 날도 있듯이
좋은 일이 생기면
나쁜 일도 생길 수 있습니다.
틀린 말을 할 수 있고
마음을 아프게 할 수 있습니다.
충분히 그럴 수 있습니다.
그래서
비 오는 날에는
당신의 입장이 되어보렵니다.
당신의 관점으로 세상을 바라보렵니다.

There is more pleasure in loving than in being
beloved.

— Thomas Fulle

—

고슬고슬한 밥을 맛있게 짓는 당신이 참 좋습니다.
부모를 공경하는 당신이 참 좋습니다.
독서를 좋아하고 지식이 풍부한 당신이 참 좋습니다.
긍정적인 마인드로 무장한 당신이 참 좋습니다.
용서를 구하고 용서할 줄 아는 당신이 참 좋습니다.
자기 분수를 잘 아는 당신이 참 좋습니다.
친절하고 배려심 많은 당신이 참 좋습니다.
베풀 줄 아는 당신이 참 좋습니다.

때에 맞는 적절한 말 한마디로
마음을 녹여주는 당신이 참 좋습니다.
아무 말 없어도 같은 것을 느끼는 당신이 참 좋습니다.
무엇보다
산다는 것이 신나는 일이라는 것을
깨닫게 해준 당신이 참 좋습니다.

But you've slipped under my skin, invaded my
blood and seized my heart.

— Maria V. Snyder

—

단 한 사람을 사랑해야 한다면
당신을 사랑하겠습니다.
단 한 사람의 손을 잡아야 한다면
당신의 손을 잡겠습니다.
단 한 사람을 믿어야 한다면
당신을 믿겠습니다.
단 한 사람에게
나의 모든 것을 보여줘야 한다면
당신에게 보여주겠습니다.

Your duty is to treat everybody with love as a
manifestation of the Lord.

— Swami Sivananda

—

당신을 사랑합니다.
어제보다 더
당신을 사랑합니다.
내일은 오늘보다
더 많이 사랑해 줄 예정입니다.
당신을 만난 순간부터
당신과 사랑에 빠진 이후로
하루하루가 즐겁습니다.
그래서 내일이 그토록 간절히 기다려지나 봅니다.

I seem to have loved you in numberless forms,
numberless times, in life after life, in age after
age forever.

— Rabindranath Tagore

▬

우리의 추억은
소복이 쌓여만 가고
소중해져만 갑니다…

Doubt thou the stars are fire, Doubt that the sun
doth move. Doubt truth to be a liar, But never
doubt I love.

— *William Shakespeare*

잘
어울리는

한 쌍

—

최근에
서로 닮았다는 소리와
잘 어울린다는 소리를
자주 듣습니다.
기분이 참 좋아집니다.
나와 당신은
하늘이 내려준 인연입니다.
정말로
잘 어울리는 한 쌍입니다.

A loving heart is the truest wisdom.

— Charles Dickens

—

사랑을 몹시 그리워할 때
불현듯 내 앞에 나타난 당신…
당신의 그림자만 보여도 기뻤습니다.
휴대폰이 울리기 시작하면
발신자가 당신이 길 소망했습니다.
팔짱을 끼고 어깨동무하며 함께 걷고 싶었습니다.
당신 옆에 있고 싶어서
작은 기회 하나도 놓치지 않았습니다.

꿈도 당신 꿈만 꾸고 싶었습니다.
밤낮으로 당신 생각뿐이었습니다.
이제는 사랑하는 사람으로 내 곁에 있는 당신…
당신의 가슴속에
아름답게 새겨질 수 있는 사람으로 남기 위해
오늘도 초심을 잃지 않고
열심히 사랑하겠습니다

When men and women are able to respect and
accept their differences then love has a chance to
blossom.

— Dr. John Gray

—

"옷깃만 스쳐도 인연이다."라는 말이 있습니다.
사람 사이의 관계는
아무리 사소한 것이라도
소중히 여겨야 한다는 뜻입니다.
생각해보면
나와 당신이 서로 만나
인연을 맺는다는 것은
정말 기적 같은 일입니다.
평생 한 번 있을까 말까 한 일입니다.
진정 소중한 인연으로 함께 남고 싶습니다.

Familiar acts are beautiful through love.

— Percy Bysshe Shelley

파도 속에서

—

사랑은 역동적입니다.
그 강렬한 느낌과 끌림이
서서히 사라지면 어쩌나 걱정이 들곤 합니다.
하지만 나는 알고 있습니다.
사랑은 파도 속에서 일어난다는 것을…
사랑을 많이 받는 날이 있으면
덜 받는 날도 분명히 있을 것입니다.
높은 파도와 낮은 파도의 사이에서
사랑은 오르락내리락할 뿐…
당신과 함께
사랑의 최고와 최저를 경험하고 싶습니다.
잡은 손 놓지 않고
사랑의 최고봉과 골짜기를 쏘다니며 즐기고 싶습니다.

Love is a mutual self-giving which ends in self-recovery.

— Fulton J. Sheen

—

한 번뿐인 소중한 내 삶…
당신이 내 삶의 동반자면 좋겠습니다.
당신과 함께 길을 걸어가며
인생의 어려움을 같이 해결해 나가고 싶습니다.
서로에게 따스한 위안이 되면 좋겠습니다.
세상엔
혼자서 해결할 수 있는 일이 별로 없습니다.
그 모든 걸 알기도 어렵습니다.
그러나 당신과 손잡고 걸어간다면
험한 일이 닥쳐와도
어려운 문제가 있어도
언제나 힘이 생길 것이라는 확신이 섭니다.

Bid me to love, and I will give a loving heart to
thee.

— Robert Herrick

다시 살아납니다

—

잠시만 떨어져 있어도 당신이 보고 싶습니다.
당신을 만난 이래로 줄곧 이렇습니다.
떨어져 있는 시간이 길어지면 길어질수록
보고 싶은 마음은 더욱 간절해 지고
서서히 내 마음은 어두워집니다.
기다리는 것도 하나의 즐거움이라는데
나에겐 절대 아닌 것 같습니다.
다시 만나
당신의 얼굴을 보아야
어두웠던 내 마음속 구름은 걷히고
가슴 뛰는 환희를 느끼게 됩니다.
그래야 난 다시 살아납니다.

Where there is great love, there are always
wishes.

— Willa Cather

좋아서
하는 일

—

당신을 아끼고 사랑하며
믿음으로 하나 되겠습니다.
당신을 믿고 사랑하며
사랑 안에서 함께 하겠습니다.
당신을 이해하고 용서하며
기쁨과 즐거움을 함께하겠습니다.
내가 좋아서 하는 일입니다.

Love yourself. It is important to stay positive
because beauty comes from the inside out.

— Jenn Proske

사랑스러운 사랑이야기

—

좋은 사람으로
오랫동안 기억되고 싶습니다.
당신이 빛날 수 있다면
나는 어둠 속에서라도
기쁨을 찾겠습니다.
항상
활짝 웃는 얼굴로
당신을 반갑게 반겨주고
내가 서 있는 자리를
묵묵히 지키겠습니다.

To fail to love is not to exist at all.

— Mark Van Doren

친밀한 관계는 두 사람의 애정 어린 마음과 보살핌을 절대적
으로 필요로 합니다. 필요한 것이 무엇인지 잘 알아야 합니다.
서로의 꿈과 실망에 대해 이야기해야 합니다. 사랑하는 사람
에게 귀를 기울여야 합니다.

– 「친밀한 관계」 중에서

PART 2

사랑을 위한 53 개의 글

　나의 양팔을 누군가를 향해 활짝 열어 놓는 행위가 사랑입니다. 열린 팔을 감아 닫는 순간 결국 내 자신만 홀로 남겨진다는 사실을 깨닫는 것은 그리 어렵지 않습니다. 사랑은 편안하고 안전한 구역을 의도적으로 벗어나 "나"를 파괴하지 않으면서 상대와 함께 "우리"를 창조하는 행위입니다. 다름의 가치를 명확히 파악하고, 사랑 때문에 발생하는 다양한 도전을 용기 있게 받아들이고 앞으로 나아갈 때 우리의 삶은 풍요로워질 것입니다. 사랑하는 사람과 내면의 감정을 서로 주고받으며 미래를 위한 계획을 세워보세요. 당신은 사랑할 준비가 되어 있나요? 사랑은 장거리 여행입니다. 의식적인 결정이자 중요한 선택입니다. 지금 당장 당신 곁에 있는 소중한 상대와 즐거운 장거리 여행을 떠나보세요.

　사랑은 영원할 수 있을까요? 어떤 사람은 시간이 흘러도 사랑은 절대로 변하지 않는다고 말합니다. 우리가 살아가는 인생길 어딘가에 큰 장애물이 가로막고 있어도 진실한 사랑을 하면 모든 것을 견디고 이겨낼 수 있다는 말도 합니다. 반대로 어떤 사람은 이런 말들은 비현실적이라고도 합니다. 어떤 이는 사랑은 환상이라고 말합니다. 사랑에 실패하는 경우도 종종 있습니다. 노력의 부족 혹은 성격 차이가 문제를 일으키기도 합니다. 사랑은 전쟁의 원인이 된 적도 있습니다. 가정생활이 파괴되기도 하고, 살인을 저지르게 되고, 극단적으로 자살 선택의 원인이 되기도 합니다. 이 세상에 영원한 것은 하나도 없으며, 그렇기 때문에 사랑도 영원하지 않다고 믿는 사람도 있습니다. 영원한 사랑을 약속했기 때문에 사랑이 영원할 것이라고 믿는 것 자체가 문제라고 주장하는 사람도 있습니다. 사랑은 이렇게 간단하지 않습니다. 매우 복잡하고 어려운 면이 있습니다.

♡ 깨지기 쉬운 사랑 #3

좋은 관계를 유지하는 것은 왜 어려울까요? 우리는 왜 사랑하는 사람과 가열한 논쟁을 벌이고, 사랑하는 사람을 무시하고, 과소평가하는 걸까요? 관계 초반, 열정적으로 사랑했던 그 사람을 지금 당신은 어떻게 대하고 있나요? 미워하고 있지는 않나요? 자동차를 운전하기 위해서는 훈련과 연습이 필요합니다. 우리는 사회로 진출하기 위해 수년간 학교에 다니며 지식을 습득하고 광범위한 훈련과 준비를 했습니다. 하지만 우리 삶에 가장 중요한 사랑하는 사람과 관계를 만들고 유지하는 것에 대해서는 그 어떤 훈련도 없습니다. 아무도 우리에게 좋은 파트너가 되는 방법, 건강한 관계를 유지하는 노하우, 성숙한 방식으로 서로의 차이를 해결하는 전략을 가르쳐주지 않았습니다. 우리는 그저 눈먼 바보처럼 사랑에 뛰어들기만 합니다. 행운이 따라올 것이라 믿고, 사랑이 해결해 줄 것이라는 막연한 기대를 가지고 말입니다. 운이 좋으면, 당신의 부모님이 좋은 롤모델이 되어 줄 수 있습니다. 하지만 제약이 따릅니다. 왜냐하면 모든 관계에는 특별한 뉘앙스나, 문제점, 그리고 드러나지 않은 둔덕이 있기 때문입니다. 사랑의 열병이 지나가면 활력과 즐거움을 유지할 수 있는 기술이 거의 남아 있지 않음을 발견하게 됩니다. 차갑게 식어버린 관계에 생명을 불어넣어야 하지만 방법은 잘 알지 못합니다. 미궁 속에 빠진 자신의 모습을 발견하고 당황해합니다. 이 세상에 이런 경험을 하기 위해 사랑을 시작하는 사람은 단 한 명도 없을 것입니다.

♡ 공감적 의사소통

관계에서 발생하는 문제는 대부분 공감적 의사소통으로 풀 수 있습니다. 여러 가지 이유 때문에 (돈, 섹스, 양육,

애정, 직업 등) 서로 감정이 상하고, 원치 않는 상처를 입히며, 다투게 됩니다. 서로에 대한 차이점을 자유롭게 터놓고 이야기할 수 없다면 관계가 무너지는 것은 시간문제입니다. 인간은 영역 싸움을 하는 동물입니다. 가장 아끼고 사랑해야 하는 사람과도 영역 싸움을 합니다. 우리는 종종 가장 가깝고, 좋아하고, 사랑하는 사람에게 희생을 요구합니다. 서로 자신이 잡고 있는 것을 놓지 않으려고 합니다. 건강한 관계는 자신이 절대적으로 고수하던 어떤 것을 놓아버리고, 파트너의 요구와 감정이 나의 것만큼이나 중요하다는 사실을 먼저 인정해야 유지 될 수 있습니다.

♡ 친밀한 관계 #5

친밀한 관계 그 자체는 살아 숨 쉬고 있는 개체입니다. 때로는 개인적인 욕구와 불만이 앞서기도 하지만, 이 살아있는 관계를 소홀히 방치하는 것은 매우 위험하기 때문에 연약한 어린아이를 다루듯이 매일 잘 돌봐야 합니다. 친밀한 관계는 두 사람의 애정 어린 마음과 보살핌을 절대적으로 필요로 합니다. 필요한 것이 무엇인지 잘 알아야 합니다. 서로의 꿈과 실망에 대해 이야기해야 합니다. 사랑하는 사람에게 귀를 기울여야 합니다. 사랑하는 사람이 존중받는다고 느낄 수 있도록 말입니다. 애정 어린 마음으로 당신의 선택과 행동을 보여주어야 합니다.

♡ 다양한 종류의 사랑 #6

지금 당신은 어떤 사랑을 하고 있나요?

- Agape [아가페]– 무조건적이고 이타적인 사랑입니다. 예) 인간에 대한 신의 사랑
- Philia [필리아]– 자애 또는 형제애입니다. 예) 필라델 피아가 '형제애의 도시'로 불리는 이유
- Storge [스토르게]– 편안한 친구처럼 오래 사귀면서 무르익는 우애와 같은 사랑입니다.
- Eros [에로스]– 열정적이고 육체적인 성적 욕망이며 에로티시즘의 근원입니다.
- Ludus [루두스] – 유희적인 사랑으로 진지함보다는 재미를 추구하는 사랑입니다.
- Pragma [프라그마]– 논리적 접근으로 만족을 추구하는 사랑입니다. 현실적이고 실용적인 것이 특징입니다.
- Mania [매니아]– 강한 질투심과 소유욕이 특징입니다. 파트너에게 의존적이며 사랑을 자주 확인합니다.
- Platonic [플라토닉]– 순수한 정신적인 사랑입니다.

♀1 먼저 나 자신을 사랑해야 합니다. 그 말은 나의 취약점을 끊임없이 보완하고, 가진 것에 대해 감사하며 사는 인생을 의미합니다. 나에게는 고유하고 특별한 성품과 능력이 있습니다. 내가 누구이고, 내가 타인에게 베풀 수 있는 것들은 무엇인지 잘 아는 것은 매우 중요합니다. 만약 내 자신을 사랑하는 것이 어렵다면 그 문제의 원인과 해결 방법을 찾기 위해 노력해야 합니다. 자신의 과거에 어두운 면이 있다면 이것을 떨쳐내고 다시 앞으로 전진하기 위한 자신감을 발휘해야 합니다. 내가 먼저 나 자신을 용서하고 사랑해 주어야 합니다.

♀2 긍정적인 태도를 유지해야 합니다. 부정적인 상황에서도 긍정적인 면을 찾을 수 있는 눈을 갖도록 노력하고 연습해야 합니다. 다수의 학자들은 희망적인 생각, 말, 그리고 행동을 선택하는 것은 자신의 건강을 유지하고 수명을 연장시킬 수 있다는 연구결과를 제시하고 있습니다. 자신에 대한 부정적인 생각을 긍정적으로 바꾸며 삶을 살아야 타인도 사랑할 수 있습니다.

♀3 건강한 관계를 유지하기 위해서는 당연히 노력을 기울여야 합니다. 관계에 대한 목표 및 진행 상황에

대해 파트너와 공개적으로 소통해야 합니다. 만약 당신이 단기간의 사랑에만 관심을 가지고 있다면 그 사실을 파트너에게 솔직하게 알려 주어야 합니다. 만약 당신이 장기적인 사랑을 지향하고 이에 대하여 진지하게 고려하고 있다면 그 또한 파트너에게 솔직하게 알려 주어야 합니다. 모든 관계에서 진실함과 정직함은 기본입니다. 믿음이 없는 관계는 무너질 수밖에 없고, 서로를 믿지 못하는 상태에서는 그 어떠한 것도 기대할 수 없습니다. 관계가 무럭무럭 성장할 수 있도록 서로에게 동등하게 헌신하고 지극 정성을 다하세요. 당신의 파트너를 특별한 존재로 대해 주세요. 실제로도 그는 특별한 존재이니까요.

👫 4 나와 상대와의 차이를 잘 알고 있어야 합니다. 서로 다른 점을 알아야 조정이 필요할 때 효과적으로 소통하고 타협점을 찾을 수 있기 때문입니다. 관계에서 발생하는 대부분의 문제는 서로 다른 차이에서 시작됩니다. 차이점을 알아야 그 원인을 파악할 수 있고 해결 방법 찾기가 수월해집니다. 정말로 화가 났을 때에는, 서로의 사랑을 느끼기가 무척이나 어렵습니다. 활활 타고 있는 성냥처럼 격렬하게 싸우는 중에 사랑하는 이의 소중함을 떠올릴 수 있는 사람은 많지 않을 것입니

다. 무작정 싸움을 회피하고 있거나 타협점을 찾기 위해 함께 머리를 맞대고 앉아 있어도, 문제는 해결되지 않습니다. 여기서 중요한 것은 좋지 않은 상황을 극복하고 함께 행복을 찾을 수 있느냐 없느냐 입니다. 항상 화해의 기회는 열려 있습니다. 어떤 형태로든 모든 갈등은 풀 수 있습니다. 서로의 마음을 헤아리고 합의에 도달하려고 노력한다면 다시 행복을 찾을 수 있게 됩니다.

👫 5 부정적인 감정과 긍정적인 감정 사이에서 균형을 잘 잡아야 합니다. 그래야만 행복한 관계를 유지할 수 있습니다. 학자들은 긍정적인 상호작용과 부정적인 상호작용에 대한 최적의 비율이 5:1이라고 주장합니다. 한 번의 부정적인 상호작용이 있었으면, 다섯 번의 긍정적인 상호작용이 곧바로 이루어져야 건강한 관계를 유지할 수 있다는 말입니다. 긍정적인 생각과 말, 그리고 행동을 통하여 당신 감정의 균형 감각을 즉시 찾으세요. 긍정적인 상호 작용을 위해서 친밀감을 높여줄 수 있는 스킨십과 웃음은 특히 중요합니다.

💬 관계에 대한 이야기 #8

낭만적인 관계는 우리 삶에서 가장 의미 있는 요소이

고, 역경을 이겨낼 수 있는 힘의 원천입니다. 건강한 관계를 유지하는 능력은 타고나는 것이 아닙니다. 많은 연구 결과에 의하면 안정적인 관계를 형성하는 능력은 유년기부터 획득된다고 합니다. 음식, 보살핌, 그리고 사회적 접촉에 대한 요구를 안정적으로 만족시켜 주는 부모와의 초기 경험이 나중에 타인과의 안정적인 관계를 형성하는 데 많은 영향을 미치게 되는 것입니다. 자신의 요구가 충분히 충족되며 자라온 아이들은 나중에 커서 건강한 관계를 형성하고, 자기 자신은 물론 타인도 사랑하며 살아가게 될 확률이 높지만, 반대로 자신의 요구가 무시되거나 충족되지 않으며 자라온 아이들은 (예외는 항상 있지만) 나중에 커서 건강한 관계를 형성하고 유지하는 데 어려움을 겪게 될 수 있습니다. 유년기에 불안정한 애착 관계를 형성한 사람은 사랑이 불안정적일 때 이별의 두려움으로 가득하게 되고 쉽게 마음이 흔들리게 됩니다. 이는 관계의 실패로 이어질 수 있으며, 실패한 관계는 심리적으로 큰 고통을 안겨줍니다. 자신의 행복뿐만 아니라 사랑하는 사람의 행복까지도 챙겨주세요. 필요한 지식과 기술을 열린 마음으로 열심히 배워 나가세요.

　당신만의 특별한 사람을 떠올려 보세요. 단순히 존재한다는 이유만으로 차디찬 얼음 덩어리를 통째로 녹여 버릴 수 있는 이 특별한 사람에게 마술처럼 끌리지 않았나요? 강력한 화학적 반응이 주도하는 사랑으로 당신은 많은 것을 얻었습니다. 사랑하는 사람과의 관계 안에서 감정적인 친밀감, 소속감, 그리고 안정감을 느끼며 행복해할 겁니다. 이제 당신은 상호 존중과 신뢰를 바탕으로 친밀한 관계를 유지하고 발전시켜 나가야 합니다. 그래야만 삶에 대한 만족도가 높아질 수 있습니다. 연구에 따르면 친밀한 관계를 유지하고 있는 사람은 그렇지 않은 사람보다 더 오래 살고, 더 행복하며, 더 많은 부를 축적하는 경향을 보인다고 합니다.

💗 사랑과 중독 #10

사랑하는 사람을 떠올리는 순간 뇌의 복측 피개부(Ventral Tegmental Area)에서 신경 전달 물질인 도파민(이른바 즐거움 화학 물질)이 생성되기 시작합니다. 생성된 도파민은 두뇌의 '보상 또는 즐거움 센터'로 불리는 미상핵(Caudate)과 측위 신경핵(Nucleus Accumbens)으로 들어가고, 이때 중독성이 강한 기분 좋은 흥분 상태를 경험하게 됩니다. 사랑에 빠진 뇌는 다음과 같은 특징을 보입니다. 스트레스 호르몬인 노르에피네프린(Norephinephrine)이 증가하고, 심박수와 혈압은 상승하게 됩니다. 메스암페타민(Methamphetamine)과 같은 중독성 강한 각성제를 사용한 사람에게 나타나는 비슷한 증상도 보입니다. 스트레스를 받았을 때 분비되는 노르에피네프린은 다른 말로 노르아드레날린(Noradrenaline)이라고도 불리는데 이는 심장을 빨리 뛰게 만들고 말초 혈관을 수축시켜 혈압을 상승시킵니다. 또한, 노르에피네프린은 에너지와 흥미, 동기 부여 등의 뇌 기능과 연관이 있는데, 우울증에 걸린 사람은 이 물질이 부족합니다. 아직 명확한 이론이 성립된 것은 아니지만, 노르에피네프린이 우울증과 관련이 있다는 것은 이미 널리 알려진 사실입니다.

♡ 사랑과 세로토닌 #11

사랑에 빠진 두뇌는 신경 전달 물질인 세로토닌 (Serotonin)의 수치를 떨어뜨립니다. 세로토닌의 수치가 낮아지면 우리의 통제능력은 떨어지며 불확실하고 불안정한 것에 집착하게 됩니다. 사랑은 예측이 불가능하기 때문에 확실하지 않고 안정적이지 않습니다. 바로 이것이 사랑을 하면 강박증이 심해지는 이유입니다. 그렇기 때문에 사랑에 미치는 것은 충분히 가능한 일입니다. 세로토닌은 기분, 수면, 기억력, 인지 기능, 충동 조절, 불안, 초조감, 식욕 등과 관련이 있습니다. 특히 세라토닌은 우리의 행복감에 관여하는 전달물질이라고 해서 '행복 호르몬'이라고도 불리기도 합니다. 우울증에 걸린 환자의 뇌를 살펴보면, 세로토닌은 감소되어 있고 세로토닌을 만들기 위해 필요한 전구물질인 트립토판 (Tryptophan)이 부족한 것을 알 수 있습니다. 여러 종류의 우울증 치료제 중 가장 많이 알려진 세로토닌 재흡수 차단제는 우울증 환자의 뇌세포에서 세로토닌을 다시 흡수하는 것을 막아, 뇌에서 부족한 세로토닌을 증가시키는 방법으로 우울 증상을 호전시킨다고 알려져 있습니다. 이와 같은 효력을 지닌 약물을 '선택적 세로토닌 재흡수 차단제(SSRI)'라고 합니다. 대표적으로 플루옥세틴(Fluoxetine), 파록세틴(Paroxetine) 등이 있습니다.

♡ 무모한 사랑 #12

　뇌의 추론, 명령 및 제어센터인 전전두엽 피질(The Prefrontal Cortex)은 우리가 사랑에 빠졌을 때 다운시프트 됩니다. 그리고 두뇌의 '위협-응답 시스템'의 주요 구성 요소인 편도체(Amygdala)의 회전수는 줄어듭니다. 이는 위험을 기꺼이 감수하는 태도로 나타납니다. 평소에는 위험한 일은 적극적으로 피해오던 사람이, 사랑에 빠지면 어리석을 만큼 무모해지는 이유가 바로 여기에 있습니다.

♡ 사랑과 정욕 #13

　정욕과 사랑은 관계에서 분리할 수 없는 두 요소입니다. 정욕은 정반대의 성에 대한 반응을 촉발시키는 호르몬의 역할로 생겨나고 커집니다. 만약 정욕이 없다면 남자와 여자의 친밀한 관계 사이에서 사랑이 지속적으로 커져 나가고 깊어질 확률은 높지 않습니다. 반면 사랑은 인간의 마음에 피어날 수 있는 가장 위엄 있고, 뛰어나고 숭고한 감정 중 하나입니다. 정욕은 당신에게 단기간의 즐거움과 만족감을 줄 수 있지만 사랑은 평화와 행복이 가득한 미래를 만들어 줄 수 있는 완벽한 패키지입니다. 사랑과 정욕은 이처럼 서로 다르지만 놀랍게도 두뇌에서는 같은 신경 반응을 보입니다. 사랑 때문에 사람은 기분 좋은 흥분 상태를 경험하게 됩니다. 정욕도 마찬가지입니다. 정욕 때문에 기분 좋은 흥분 상태를 경험 경험할 수도 있습니다. 이처럼 사랑과 정욕은 뇌의 많은 부분에 비슷한 영향을 주지만, 독특한 차이가 존재하는 것은 사실입니다.

♡ 남자는 극도로 시각적인 짐승 #14

여성의 뇌와 비교할 때, 사랑에 빠진 남성의 뇌는 시각피질(Visual Cortex)에서 더 활발한 활동을 보입니다. 이는 일반적으로 남성이 여성보다 시각적으로 더 로맨틱한 자극을 받는다는 것을 암시합니다. 남자가 시각적으로 아름답고 섹시한 여자에게 쉽게 끌리는 이유입니다.

♡ 기억 잘하는 여자

남성의 뇌와 비교할 때, 사랑에 빠진 여성의 뇌는 기억과 관련된 영역인 해마(Hippocampus)에서 더 활발한 활동을 보여줍니다. 또한 뇌에서 해마가 차지하는 비율은 여성이 남성보다 훨씬 더 높습니다. 남자들은 이 사실을 주의 깊게 보고 기억해야 합니다. "여자는 모든 것을 기억합니다."

♡ 눈 맞춤과 시선 교차의 마술

신생아와 연인 사이에는 공통점이 있습니다. 바로 '눈 맞춤'을 사용한다는 점입니다. 다른 어떤 요소보다도 눈 맞춤은 감정적인 연결에 매우 효과적입니다. 서로 주고받는 '황홀한 시선'은 낭만적이고도 생물학적인 콘셉트입니다. 미소와 함께 눈 맞춤을 하면 감정적인 연결을 위한 가장 유력한 조합이 됩니다. 눈 맞춤 다음으로 중요한 것은 음성 상호작용(Voice Interaction)입니다. 목소리는 우리가 생각하는 것보다 훨씬 더 많은 정보를 전달하며, 감정적인 연결을 용이하게 합니다. 사랑하는 사람과 감정적으로 연결되고 싶다면 자주 눈 맞춤을 하세요. 이보다 더 효과적인 방법은 없으니까요.

이성과 친구가 되는 것은 적어도 여성에게는 가능한 이야기라고 합니다. 연구에 의하면 남성들은 대부분 순수하고 정신적인 플라토닉 사랑을 이해하지 못하며 관계가 발전함에 따라 단순한 우정 그 이상의 것을 원할 가능성이 높아진다고 합니다. 즉 육체적인 사랑을 갈구한다는 뜻입니다. 반면에 여성들은 우정과 낭만적인 연애를 쉽게 분리하여 생각하는 것이 가능합니다. 여성에게 우정은 우정이고 연애는 연애입니다. 이런 독특한 특성을 지닌 남자와 여자가 서로 친구로 지낼 수 있을까요? 이에 대한 답은 누구에게 물어보느냐에 따라 충분히 달라질 수 있습니다.

5년, 10년, 20년 후에도 사랑하는 사람과 미친 듯이 사랑에 빠져 있을 수 있을까요? 활발하게 이루어지고 있는 신경학 연구로 우리는 이렇게 어려운 질문에 대한 답을 얻고, 강렬하고 오래 지속되는 낭만적인 사랑에 필요한 요소가 무엇인지 더 자세히 알 수 있게 되었습니다. 학자들은 결혼생활을 오래 한 사람의 뇌를 스캔하여 사랑을 막 시작한 사람의 뇌 스캔 결과와 비교해 보았습니다. 놀라운 사실은 두드러진 차이점 없이 양쪽 뇌 모두, 특정한 영역에서 유사한 신경 활동이 감지되었다는 것입니다.

♡ 사랑에 빠진 증거 #19

당신에게 다음과 같은 증상들이 나타나면 낭만적인 사랑에 빠졌다는 증거입니다.

- 상대와 함께하는 일상을 꿈꾸고 갈망하게 됩니다.
- 상대의 관심을 독점하고 싶어 합니다.
- 매사에 활기가 넘쳐나게 됩니다.
- 행복을 위해 무엇이든 할 수 있다는 동기가 충만하게 부여된 상태를 경험하게 됩니다.
- 떨어져 있을 때, 보고 싶어 애타는 마음이 듭니다.

♡ 지속 가능한 사랑 #20

연구 결과에 따르면 열정적으로 사랑하고, 사랑받는 느낌은 장기적인 관계에서도 충분히 지속될 수 있다고 합니다. 장기적으로 사랑하고 있는 사람과 사랑을 막 시작한 사람의 뇌를 비교해 본 결과 도파민이 풍부한 보상 시스템으로 알려진 복측피개부(Ventral Tegmental Area)

에서 양쪽 모두 유사한 신경 활동이 발견되었습니다. 실험 참가자에게 여러 사람의 얼굴을 보여준 후 VTA의 활성화를 측정한 결과, 흥미롭게도 VTA는 친구 또는 다른 친한 사람의 얼굴보다 장기적으로 강렬하고 열렬한 사랑을 해온 사람의 얼굴에 더 큰 반응을 보였습니다. 이것은 VTA가 특히 낭만적인 사랑에 더 적극적으로 반응한다는 것을 의미합니다. 도파민이 풍부한 VTA는 음식, 돈, 코카인 및 알코올과 같은 '보상'에 반응하고 동기(motivation), 강화 학습(Reinforcement Learning) 및 의사결정(Decision Making)에 중요한 역할을 합니다. VTA는 장기적인 관계를 유지하는 데 매우 중요하며 초기 단계의 사랑에서 흔히 볼 수 있는 강렬하고 낭만적인 사랑은 뇌의 보상과 동기 부여 시스템을 통하여 관계를 장기적으로 지속하고 발전시킬 수 있도록 도와줍니다.

♡ 성관계의 빈도   #21

만남 초기와 같은 성관계의 빈도와 서로에게 불같이 끌렸던 성적 매력이 오랫동안 사건 남녀 간에 얼마나 오래 유지될 수 있을까요? 오래 유지되는 것이 가능하기는 할까요? 아마 대부분의 연인들이 큰 관심을 갖는 질문일 것입니다. 질문에 대한 답은 "가능하다"입니다.

한 연구 결과에 따르면 장기간에 걸쳐 낭만적인 사랑을 유지하고 있는 커플은 높은 성관계의 빈도를 보였고, 이는 매우 섹시한 왼쪽 후부 해마(Posterior Hippocampus)와 관련이 있다는 사실이 밝혀진 바 있습니다. 오래 사귄 남녀의 후부 해마에서도 여전히 활발한 신경 활동이 이루어지고 있다는 것이지요. 따라서 남녀 간의 불꽃은 사귄 지 오래된 커플 사이에서도 지속적으로 활활 타오를 수 있습니다.

♡ 친밀감과 결합   #22

장기적이고 낭만적인 사랑은 도파민이 풍부한 뇌 영역을 활성화시킵니다. 도파민 시스템은 낭만적인 사랑을 위해 타인과 결합하려는 욕구로 동기부여가 되기 때문입니다. 또한 장기적인 사랑에서 배후 선조체(Dorsal Striatum)의 활성화가 이루어지는 것을 보면 낭만적인 사랑은 목표 지향적이라는 것을 알 수 있습니다. 낭만적인 사랑은 사랑하는 사람과 결합하고 싶은 욕구를 갖게 합니다. 그 결과 상대와 더욱 가까워지기를 원하게 되고, 상대의 행복을 위한 행동을 하게 되는 것입니다.

고통과 스트레스에 대한 신체조절과 낭만적인 사랑과의 관계에 대한 연구에 따르면 배후솔기(Dorsal Raphe)는 낭만적인 사랑으로 활성화된다고 합니다. 배후솔기는 통증과 스트레스에 대한 신체반응에 관여한다고 널리 알려져 있습니다. 가까운 사람에게 강한 감정적 유대를 형성하는 것을 애착이라고 하는데 사람은 그 대상을 통해 안정감을 찾으려는 욕구를 갖게 됩니다. 따라서 특정 대상과의 강렬하고 정서적인 결속은 고통과 스트레스를 감소시킵니다. 그렇기 때문에 안정감은 장기적이고 낭만적인 사랑을 하고 있는 연인이 얻는 귀한 선물이라고 할 수 있습니다.

낭만적인 사랑과 우정을 바탕으로 한 사랑 사이에는 놀라운 차이가 있습니다. 이러한 차이점을 이해하기 위해서는 먼저 '원하는 것'과 '좋아하는 것'을 구분해야 합니다. 한 연구 결과에 따르면 낭만적이고 열정적인 사랑은 'Wanting' 도파민과 관련이 있고, 우정을 바탕으로 한 사랑은 'Liking' 특성이 높은 뇌 영역과 관련이 있는 것으로 나타났습니다.

장기적인 사랑과 초기 단계의 사랑을 하는 사람들의 뇌에서는 비슷한 신경 활동이 이루어집니다. 뇌 스캔 결과를 살펴보면 초기 단계의 사랑을 하는 사람 뇌의 경우, 마약성 진통제라고도 알려져 있는 오피오이드(Opioid)와 세로토닌이 풍부한 뇌 영역에서 활성화가 저조한 것으로 나타났습니다. 이 영역은 불안과 고통을 조절하는 데 관여하는데, 이는 장기적인 사랑과 초기 단계의 사랑을 평온함의 유무를 기준으로 구분할 수 있다는 것을 시사합니다. 오랜 기간 사귀고 있는 사람보다 새롭게 사랑을 시작한 사람의 불안감이 상대적으로 더 큰 이유입니다.

초기 단계의 사랑을 하는 사람의 뇌와 달리 장기적으로 사랑하고 있는 사람의 뇌에서는 좋아하는 것과 애착에 관련된 영역이 활성화됩니다. 새롭게 사랑을 시작한 사람은 파트너와 애착이 형성되기까지 어느 정도 시간이 필요합니다. 영구적인 애착 유대를 형성하는데 2년이라는 시간이 필요하다는 연구결과도 있습니다. 그렇기 때문에 장기적으로 낭만적인 사랑을 하고 있는 사람의 뇌에서 일어나는 좋아하는 것과 애착에 대한 신경 활동이 초기 단계의 사랑을 하는 사람의 뇌에서는 활발하게 일어나지 않습니다.

♡ 도파민과 보상 #27

장기적으로 낭만적인 사랑을 유지하고 있는 사람의 뇌와 초기 단계의 사랑을 하는 사람의 뇌는 매우 비슷한 신경 활동을 보입니다. 장기적인 관계에서도 낭만적인 사랑은 충분히 유지될 수 있습니다. 장기적인 사랑은 풍부한 도파민의 활동을 통해 지속적으로 보상이 주어지기 때문입니다. 장기적으로 낭만적인 사랑을 유지하는 비법의 열쇠는 바로 과학입니다. 우리의 뇌는 지속적인 보상을 원하고 있습니다. 맛있는 음식, 돈, 마약, 술보다 더 큰 보상을 받기 위해서 장기적으로 열렬한 사랑을 하는 것입니다. 보상에는 부정적인 것을 감소시키거나, 없애거나, 완화시키는 것(불안, 고통, 스트레스의 감소)과 긍정적인 것을 더 해 주는 것(안정감, 편안함, 그리고 유대감 등)이 포함될 수 있습니다. 초기 단계의 사랑에서 장기적인 사랑으로 옮겨갈수록 애착은 더욱 견고하게 형성될 수 있고, 결과적으로 건강한 관계를 유지할 수 있게 되는 것입니다.

1 관대 - 서로에게 크고 작은 방법으로 도움을 주고, 따스한 배려심을 가지세요.

2 긍정 - 상대의 긍정적인 특성에 중점을 두고 소통하세요. 서로 감사와 애정을 자주 표현하세요.

3 애착 - 상대가 언제든지 당신에게 돌아올 수 있도록 허락해 주세요. 당신에게 의존할 수 있도록 안정적인 감정의 기반을 제공해 주세요.

4 확장 - 상대가 새롭고 참신한 도전을 통해 세계를 확장할 수 있도록 삶에 대한 열정을 불어넣어 주세요.

　사랑은 우리가 경험하는 가장 중요하고도 오해가 많은 감정 중 하나입니다. 인간의 뇌는 타인과 자연스럽게 연결되어 있으며 외로움과 소외감을 고통스러운 생존 위협 요소로 인지합니다. 생물학적 그리고 문화적 이유뿐만 아니라 각 개인이 삶에서 성취해야 하는 모든 것을 위해서라도 지속적인 사랑의 관계는 필요합니다. 하지만 장기적인 사랑은 결코 저절로 주어지지 않습니다. 이기

심을 버리고 열심히 노력해야 얻을 수 있는 것입니다.

♡ 원 나이트 스탠드 #30

신체적 매력이 사랑의 중요한 요소임은 분명하지만, 근본적으로 사랑은 정욕과 다릅니다. 이런 이유로 원 나이트 스탠드와 술김에 이루어진 만남은 장기적이고 안정적인 관계로 발전하기 어렵습니다. 정욕은 두뇌의 동기부여, 보상 영역에서 나타나고, 사랑은 관심, 그리고 공감 영역에서 나타나기 때문입니다.

♡ 지속적인 교감 #31

우리는 사랑하는 사람과 지속적인 교감을 통해 아름다운 사랑을 경험하게 됩니다. 깊은 연결이 이루어지는 순간, 연인은 서로의 얼굴 표정과 제스처를 따라 하게 되고, 심지어 생리적 리듬도 비슷해집니다. 이때 느끼는 사랑은 행복에 대해 깊이 생각하게 만들고, 상대의 고통을 덜어주는 방향으로 작용하게 됩니다. 정신적으로 그리고 감정적으로 행복을 위해 동기 부여된 상태로 두 사람이 서로 만나 이렇게 서서히 하나가 되어갑니다.

♡ 건강에 도움이 되는 사랑

연구 결과에 따르면 사랑은 건강에 도움을 주지만, 외로움과 소외감은 수명을 단축시키는 것으로 나타났습니다. 특히 남성의 경우 행복한 결혼생활은 건강을 현저하게 향상시킨다고 합니다. 이에 대한 여러 가지 이유 중에 배우자의 잔소리가 한 몫을 단단히 한다는 점은 흥미롭습니다. 배우자의 사망이 조기 사망의 위험 요소가 된다는 것은 이미 잘 알려져 있는 사실입니다.

♡ 집중과 사랑

사랑하는 사람을 위해 감정과 행동을 오롯이 집중하는 것이 긍정적인 상호작용의 시작입니다. 그래야만 서로를 이해하게 되고 황홀한 행복감을 맛보게 됩니다. 우리 모두는 상대에게 배려, 보살핌, 감사함을 받기를 원합니다. 생각과 말, 그리고 행동에 대한 감사의 표현은 실제로 듣는 사람뿐만 아니라 하는 사람에게도 긍정적인 감정을 갖게 합니다.

♡ 아름다운 동기

사랑은 다른 것과 달리 상대에게 주면 줄수록 고갈되

거나 줄어들지 않습니다. 사실, 그 반대입니다. 사랑은 정신집중, 그리고 돌봄을 통해 자신 안에서 만들 수 있는 능력이자 감정적으로 참여하는 행위입니다. 사랑하고 있는 사람의 감정에 더욱 집중하고 요구들을 충족시킬 수 있다면, 우리가 경험하는 만족과 연결의 내적인 감정은 우리가 더욱 사랑스러운 사람으로 변하도록 촉진하는 아름다운 동기가 될 수 있습니다.

♡ 사랑의 전제 조건 #35

사랑을 위한 전제 조건은 안전과 신뢰입니다. 서로에게 감정적으로 연결되려면 전두엽 피질(Prefrontal Cortex)이 뇌의 경보 센터인 편도체(Amygdala)에 신호를 보내야 자동적으로 실행 중인 '투쟁 또는 도피 응답'이 해제됩니다. 어린 시절에 외상, 방치, 학대, 거부, 소외, 또는 그 밖의 애착 형성의 방해물과 위협을 경험하고 견뎌낸 사람은 '투쟁-도피-동결 시스템'을 해제하기가 힘들기 때문에 대체로 더 많은 노력을 필요로 합니다. 다시 사랑하는 이들에게 필요한 것은 '안전한 느낌'입니다. 이와 관련된 문제가 있을 경우 가장 효과적인 치료법은 심리 상담이지만, 신뢰할 수 있는 상대의 따스한 보살핌으로도 충분히 극복할 수 있습니다.

♡ 전염성

누군가를 보살피는 행동과 연민, 또는 공감의 표현은 전염성이 있기 때문에 타인에게 같은 행동과 감정을 불러일으킬 수 있습니다. 이것은 달라이 라마(Dalai Lama)나 넬슨 만델라(Nelson Mandela)와 같은 지도자가 추종자들에게 최고의 자아가 될 수 있도록 격려할 때 사용하는 좋은 방법입니다. 보살피는 행동과 연민, 또는 공감의 표현은 '투쟁 또는 도피 응답'을 해제시키는 데 매우 효과적입니다.

♡ 영원할 수 있는 사랑

셰익스피어의 소네트 116에 "변화하는 사랑은 사랑이 아니다."라는 말이 나옵니다. 우리는 확고하고 변치 않는 사랑을 하는 것이 가능하기도 하고 가능하지 않다는 것도 알고 있습니다. 사실 일부 이론가는 불변의 확고한 '자아'에 대해 의문을 제기합니다. 10년 전의 내가 지금의 나와 똑같을 수 없기 때문입니다. 인생 경험을 통해 우리의 생명 작용, 사고방식, 그리고 행동 특성은 변할 수 있습니다. 그렇게 때문에 인간관계는 어려운 도전을 받게 됩니다. 시간의 흐름에 따라 상대의 요구가 변하거나 의도와는 다르게 두 사람이 서로 다른 방향으로 성장할 수 있기 때문입니다. 그럼에도 사랑은 영원할 수 있다는 흥미로운 연구결과를 찾을 수 있었습니다. 오랜 기간 사랑해 온 사람의 뇌와 새롭게 사랑에 빠진 사람의 뇌를 비교해 본 결과 매우 유사한 신경 활동을 양쪽 뇌 모두에서 찾을 수 있었기 때문입니다. 이는 사랑이 영원한 것은 아니지만, 영원할 수도 있다는 것을 시사합니다.

♡ 자신을 사랑하는 방법 #38

사랑하는 사람을 이해하는 노력이 사랑을 주려는 행동보다 중요합니다. 사랑하는 사람을 더 잘 이해하기 위해 항상 노력해야 합니다. 이해하려는 의지는 매우 중요합니다. 쉬운 일은 아니지만 이해하고자 하는 의지로 더욱 아름다운 사랑이 될 수 있습니다. 이해가 없는 사랑은 물 없는 꽃처럼 시들어 버립니다. 나는 수년에 걸쳐 내 자신을 힘들게 했습니다. 내가 잘못한 것만 보였기 때문에, 마음은 우울해지고 기분은 나빠졌습니다. 그 당시 내 주변 사람들은 나에게 자신을 더 사랑해야 한다고 말했습니다. 듣기 좋은 말인 줄은 알았지만, 문제는 솔직히 그 말의 뜻을 이해하지 못했습니다. 하지만 서서히 알게 되었습니다. 그 말은 자기 자신에게만

몰두하는 자기도취적인 사람을 의미하는 것이 아니라는 것, 그리고 술 몇 잔으로 자신을 진정시키는 것을 의미하지 않는다는 것을 깨닫게 되었습니다. 시간이 흐르고 성찰의 깊이가 깊어지며 타인을 사랑하는 방법을 새롭게 이해하고 배우게 되었습니다. 시간이 걸렸지만, 마침내 해냈습니다. 여기에 내가 짧지 않은 인생길에서 찾은 것을 당신과 함께 나누고 싶습니다. 다음은 자신을 사랑하는 12가지 방법입니다.

👫 1 당신이 소유하고 있는 선물과 재능을 인정해야 합니다. 당신에게는 다른 사람에게는 찾아볼 수 없는 고유하고 특별한 지식과 기술이 있습니다. 이런 당신의 강점을 기반으로 일을 해야 합니다. 당신이 지니고 있는 선물과 재능을 가지고 타인과 공유할 때 삶의 재미를 찾을 수 있습니다.

👫 2 열정적으로 즐길 수 있는 일을 찾아야 합니다. 사람은 사랑하고 좋아하는 일을 할 때, 보람을 느낍니다. 관심사를 따라가다 보면 당신의 열정과 기쁨을 함께 나눌 수 있는 소중한 사람이 곁에 생기게 됩니다.

👫 3 당신만의 가치를 잘 알아야 합니다. 다른 누군가가 당신보다 뛰어나다고 위축되어서는 안 됩니다. 타인

과 비교하지 않고 자신의 기술, 능력 및 업적을 평가할 수 있는 방법을 찾아보아야 합니다. 말콤 포브스(Malcolm Forbes)는 "다수의 사람들은 타인의 존재는 과대평가하지만 정작 자기 자신은 과소평가한다."고 말합니다. 당신이 아직 이루지 못한 것을 해낸 사람들을 볼 때, 그들의 노력과 희생을 이해하고 인정할 수 있는 눈을 갖는 동시에 나만의 가치도 인정할 수 있어야 합니다.

4 어떠한 일이 있어도 자기 자신을 원망하면 안 됩니다. 모든 문제의 원인을 자기 탓으로 돌려서는 안 됩니다. 당신은 실패자가 아닙니다. 단지 원하는 것을 아직 얻지 못한 것뿐 입니다. 자기 자신을 존중하고 믿으며 충분한 휴식을 통해 재충전하세요. 성공한 사람들은 말하고 있습니다. "당신이 실패하지 않았다면, 아마 그 이유는 당신이 최선의 노력을 다하지 않았기 때문입니다."라고 말입니다.

5 긍정적인 것에 집중해야 합니다. 부정적인 것에만 집중하는 잘못된 습관을 버려야 합니다. 범죄자와 끊임없이 상대하는 경찰관의 눈은 오염에 노출되어 있습니다. 오염된 시각은 착한 사람도 나쁜 사람일 수 있다는 착각을 하게 합니다. 매일 당신의 삶에서 좋은 것

을 관찰하는 습관을 기르는 것이 중요한 이유입니다.

👫6 자신에 대한 부정적인 믿음을 긍정적으로 바꾸어야 합니다. 자아 인식(Self-Perception)은 일의 결과물에 지대한 영향을 미치고, 당신의 성공 여부까지 결정할 수 있습니다. 긍정적인 자기 확신은 자신감과 성공을 가져다주지만, 부정적인 자기확신은 찾아온 기회를 놓치게 하고 당신을 움츠러들게 할 것입니다. 자기 자신에 대한 믿음을 굳건히 하고 긍정적인 자기확신으로 철저하게 무장해야 하는 이유입니다.

👫7 완벽주의를 버려야 합니다. 완벽주의는 '행동의 지체'로 이어집니다. 행동이 지연되는 이유는 실패에 대한 두려움이 앞서기 때문입니다. 아무런 행동도 취하지 않는 것보다 불완전한 행동을 취하는 것이 훨씬 낫습니다. 준비가 충분히 안 된 상태라도 모르는 것은 배워나가고 조율이 필요하면 조정을 해 나가면 된다는 마음가짐으로 용기 있게 첫걸음을 내딛어 보세요.

👫8 많은 시간을 함께 보내야 하는 사람은 신중하게 선택해야 합니다. 당신이 항상 함께 일하는 사람을 선택할 수는 없지만, 개인적인 관계에서는 가능합니다. 누

구와 가깝게 지내야 할지 신중하게 결정해야 합니다. 늘 슬픔에 빠져있는 사람과 함께 시간을 보내다 보면, 나 자신도 서서히 슬퍼지는 것을 느낍니다. 공격적인 사람과 함께 시간을 보내다 보면, 나 자신도 공격적 행동을 하게 됩니다. 당신을 진정으로 사랑하는 사람과 함께 시간을 보내야 합니다. 당신을 지지하고, 따스하게 돌보는 사람을 선택해야 합니다.

9 당신을 향한 타인의 악의적 행동과 발언을 받아들이지 말아야 합니다. 무례한 사람을 만나면, 그런 방식의 대우는 거절하겠다는 당신의 의지를 명확하게 알려야 합니다. 그럼에도 불구하고 만약 그들이 계속 당신을 무례하게 대하면, 그 상황에서 스스로 벗어나야 합니다. 당신의 좋은 감정을 망치게 그대로 놔두면 안됩니다.

10 자신의 감정을 느끼는 것은 매우 중요합니다. 당신의 솔직한 감정을 있는 그대로 받아들이고, 그런 당신의 감정이 지극히 정상적임을 이해해야 합니다. 당신이 느끼고 있는 현재의 감정을 온전히 이해하기 위해 노력하세요. 사람은 감정의 동물입니다. 어떤 감정이 들더라도 죄책감을 느끼지 마세요. 남자도 울 수 있습니

다. 운다고 남자답지 않은 것은 절대로 아니기 때문입니다. 울고 싶은 마음이 들 땐 맘껏 울어야 합니다. 그래도 괜찮습니다.

♀♂11 당신의 감정이 무엇을 말하려고 하는지 잘 헤아릴 수 있어야 합니다. 감정은 당신에게 분명하고 중요한 정보를 전달합니다. 육체적인 고통은 몸에 이상이 있음을 알려주듯이, 정신적인 고통은 현재 하고 있는 일이 당신에게 맞지 않다는 것을 알려줍니다.

♀♂12 자기 자신을 잘 돌보아야 합니다. 건강한 음식을 섭취하고, 정기적으로 운동을 하며, 적절한 휴식을 취해야 합니다. 스스로의 건강을 유지해야 원하는 것을 얻을 수 있습니다.

♡ 건강을 지키는 중요한 행위 #39

　사랑은 삶의 모든 면에 스며들어 있는 보편적인 인간의 감정입니다. 우리는 가족, 친구, 애인, 애완동물 등 많은 대상을 사랑합니다. 직업, 음악, 그림, 풍경 및 특정 음식도 사랑할 수 있습니다. 사랑은 행복과 기쁨 또는 슬픔과 절망에 대한 감정을 불러일으킬 수 있는 특정 인물이나 사물에 대한 강한 감정적 애착으로 정의할 수 있습니다. 사랑은 인간이 경험하는 가장 강력한 감정 중 하나입니다. 당신은 무엇을 사랑하고 있나요? 누구와 사랑에 빠져 있나요? 정작 사랑을 받아야 하는 당신을 잊고 있지는 않나요? 당신의 눈에 명백히 보이지 않을 수도 있으나, 자신에 대한 사랑은 건강과 행복에 직접적으로 영향을 끼칩니다. 자신을 사랑하면, 의식적으로 폭식이나 과음과 같은 건강에 해로운 행동을 자제하게 됩니다. 또한 자존감이 높은 사람은 부교감 신경계 수치도 높다는 사실이 연구를 통해 밝혀졌습니다. 부교감 신경계는 스트레스 완화에 도움을 주며, 심장 박동수를 낮추고, 염증을 퇴치하여 심장 혈관계를 보호함으로써 심장을 안전하게 지켜줍니다. 즉 자기 자신을 사랑하는 것은 자신의 건강을 지키는 중요한 행위임에 틀림없습니다.

💕 자기 자신을 친절히 대하세요 #40

당신을 가장 날카롭고 예리하게 비평할 수 있는 사람은 누구일까요? 당신의 최악의 안티는 누구일까요? 맞습니다. 당신입니다. 신랄한 자기비판으로 가장 큰 피해를 입는 사람은 바로 당신입니다. 자기 성찰은 매우 바람직하지만, 만약 당신이 자신의 결점이나 실패에 너무 과하게 집착한다면, 머지않아 당신은 비뚤어지고 왜곡된 자기 감각(Sense of Self)을 지니게 될 수 있습니다. 나의 부정적인 면에 집착하는 대신 자신의 장점과 같은 긍정적인 면을 생각해야 합니다. 자신을 칭찬하는데 인색하면 안 됩니다. 배려심을 가지고 친절히 자기 자신을 대할 때 긍정의 에너지는 빛을 발하게 되고, 다른 사람도 똑같이 당신을 친절하게 대할 것입니다.

♡ 자신과 시간을 보내세요   #41

자기 자신을 잘 알면 알수록 사랑하기가 더 쉬워집니다. 자기 감각을 개발하는 가장 좋은 방법 중 하나는 혼자만의 시간을 보내는 것입니다. 매주 시간을 정해 놓고 전화와 컴퓨터, 그리고 TV를 끄고 오롯이 당신에게 집중해 보세요. 방해받지 않는 장소에서 혼자 책을 읽고, 명상하고, 산책하고, 맛있는 저녁 식사를 하고, 영화를 보러 나가세요. 자신과의 데이트를 많이 하면 할수록 밖으로 향해있던 관심은 다시 당신 자신에게 향하게 됩니다. 그 결과, 다시 중심에 놓이게 된 당신은 부정적인 감정과 맞서 싸워나가며 의미 있는 삶을 되찾을 수 있습니다. 온전하고 진정한 상태의 당신으로 돌아왔기 때문에 가능한 일입니다.

♡ 당신이 사랑하는 일을 하세요 #42

당신이 진정으로 사랑하는 일을 일주일에 몇 번이나 하고 있나요? 한 달에 몇 번? 일 년에 몇 번? 자기 자신을 사랑한다는 말은 당신을 행복하게 만드는 일(춤추기, 노래 부르기, 여행 떠나기, 새로운 언어 배우기, 조용히 앉아 있기, 차 한 잔의 여유 부리기, 낱말 퍼즐 풀기 등)을 한다는 뜻입니다. 즐거운 활동으로 자신의 영혼을 살찌워야 합니다. 당신이 느끼는 행복감과 만족감은 삶을 통해 울려 퍼지고 주변 사람들에게도 전달될 수 있기 때문입니다.

♡ 긍정적인 사람과 함께 하세요 #43

당신이 함께 시간을 보내기로 선택한 사람들을 살펴보면 당신이 얼마나 자신을 소중하게 여기는지 알 수 있습니다. 당신을 보살펴주고, 지지하고, 섣불리 판단하지 않는 사람들이 주위에 많다면 당신은 사랑, 감사, 그리고 존중을 받는 느낌이 들 것입니다. 한 연구에 따르면 명랑한 사람들과 어울리는 개인은 행복한 태도를 갖게 되어 결과적으로 더 큰 행복감을 느끼게 된다고 합니다. 만약 당신이 사악한 사람들에게 둘러싸여 있다면, 그들로부터 과연 어떤 느낌을 받게 될까요? 당신의 행복과 에너지를 **빼앗는** 사람들과 시간을 낭비하기에는 너무나 **짧은** 인생이므로, 당신을 지지하고 당신에게 영감을 주는 사람들에게 소중한 시간을 할애하는 현명한 선택을 해야 합니다.

♡ 자신을 성심성의껏 돌보는 사람이 되세요 #44

때로는 주변 사람들을 돌보는 것이 인생의 전부처럼 느껴질 수 있습니다. 그러나 자신의 건강과 행복을 희생하면서까지 다른 사람을 돌보는 것은 무모한 일이 틀림없습니다. 건강한 음식을 섭취하고, 충분한 휴식을 취하고, 정기적으로 운동하여 자신의 몸과 마음을 잘 돌보는 것이 최고로 중요하지 않을까요? 명상을 하거나 자신만의 고요한 시간을 보내며 효과적으로 스트레스를 관리하세요. 다른 사람들이 당신을 도와주기를 바라고 기다리는 대신 당신이 먼저 자기 자신을 적극적으로 돌보는 것은 어떨까요? 당신이 온전해야 당신이 하고 있는 모든 일이 순조롭게 진행될 수 있다는 사실을 잊지 마세요. 자기 자신을 사랑하는 것은 이기적인 것이 아니라 자신과 타인을 위하여 최고의 상태를 유지하고자

하는 고귀한 행위입니다. 자신을 진정으로 사랑하면 건강해지고, 행복하게 균형을 이룰 수 있으며, 삶 속에서 좋은 사람과 좋은 일을 마음껏 누릴 수 있게 됩니다.

♡ 긍정적인 에너지 #45

당신은 사람들에게 긍정적인 느낌을 전달할 수도, 부정적인 느낌을 전달할 수도 있습니다. 당신의 자유의지와 선택에서 나온 긍정적인 말과 행동은 상대방을 따스하게 받아줄 수도 있고, 반대로 상대방을 밀어내거나, 멀리하거나, 또는 무너뜨릴 수도 있습니다. 동사적인 의미로 접근할 때, 긍정적인 에너지 방출도 사랑에 포함될 수 있습니다. 감사의 표현, 그리고 타인의 삶에 대한 따스한 미소, 눈 맞춤, 그리고 관심을 통해 긍정적인 에너지가 방출됩니다. 당신이 발산하는 긍정적인 에너지 덕에 더 많은 사람들이 감사를 느끼게 될 것입니다. 환한 표정을 유지하고, 밝은 느낌의 단어를 사용하며, 생기 넘치는 목소리로 말을 하면 긍정적인 에너지 발산에 도움이 됩니다. 강렬한 햇빛과 같은 과도하고 과장된 긍정성은 불쾌감을 불러일으킬 수 있지만, 대부분 긍정적인 에너지를 발산하는 사람은 타인의 눈에 따스하게 비춰집니다. 사랑하는 사람이 옆에 있을 때 부드러운 햇살처럼 좋은 느낌을 받을 수 있도록 노력해야 합니다. 당신의 상사, 직원 또는 동료, 친구, 친척 또는 파트너에게 좋은 느낌을 발산해 보세요. 사람들은 당신과 더 많은 이야기를 나누고 싶어 할 것입니다. 긍정적인 사람은 비판을 하지 않습니다. 가능하면 논쟁을 피하고 상대방의 말을 무시하지 않습니다. 비판, 논쟁, 그리고 무시는 부정적인 사람의 특기입니다. 부정적인 사람을 상대하거나, 부정적인 단어와 느낌이 난무하는 관계에 머무르다 보면, 종종 낙담하고 있는 자신의 모습을 발견할 수 있습니다. 부정적인 에너지 때문에 불안하고, 무시당하고, 우울해질 수 있습니다. 유해한 에너지를 발산하는 사람과 공유하는 시간은 불쾌할 수밖에 없습니다. 하지만 당신의 건강과 행복을 진심으로 바라고, 긍정적인 에너지를 발산하는 사람과 공유하는 시간은 유쾌합니다. 삶을 윤택하게 하는 긍정의 에너지를 선택하세요.

♡ 이 사람 어때?

#46

당신의 사회적 범위에 속한 사람들은 성공적인 관계 발전에 매우 중요한 영향력을 행사합니다. 만약 당신이 친한 친구, 친척, 직장 동료, 가족들에게 그를 어떻게 생각하는지 물어보고 싶은 마음이 생긴다면, 아마 당신은 그 사람에게 깊이 빠져있을 확률이 상당히 높습니다.

♡ 축하해 당신 #47

당신이 어렵다고 느끼거나 하지 못하는 일을 너끈히 해내는 당신의 연인을 볼 때, 사랑에 빠진 당신은 이례적인 반응을 보이게 됩니다. 감정적으로 그리고 정서적으로 친밀하게 연결되어 있기 때문에 사랑하는 사람의 성공적인 성과와 성취를 자랑스럽게 여길 수 있게 되는 것입니다. 당신의 파트너가 어떤 일을 잘해냈다면, 열등의식과 같은 부정적인 느낌보다는 긍정적인 감정이 앞서는 것이 당연합니다. 연인의 성공을 진심으로 축하해 줄 수 있게 된다는 것이지요.

♡ 우린 서로 좋아해 #48

좋아하는 것은 사랑하는 것과 다릅니다. 하지만 좋아하는 마음이 있어야 사랑하는 마음이 생깁니다. '좋아함'은 사랑에 필요한 전제 조건입니다. 학자들은 사랑에 빠지기 직전에 필요한 가장 중요한 요소로 '상호 간의 좋아함'을 꼽았습니다. 상대방의 성격을 바람직하게 평가하는 것이 사랑에 빠지는 전조가 된다는 것도 밝혀냈습니다.

♂️ 그리움 #49

떨어져 있을 때, 당신은 얼마나 그 사람을 그리워하고 또 생각하나요? 만약 그리움이 첩첩이 쌓인다면, 당신은 그 사람을 열정적으로 사랑하고 있다는 말입니다. 만약 그 사람 생각뿐이라면, 당신은 그 사람과 헌신적인 관계를 맺고 있다는 말입니다. 건강한 애착이 형성되고 있다는 좋은 신호입니다.

♂️ 새 사람으로 탄생 #50

사랑에 빠진 이는 새로운 특징과 특성을 가진 다른 사람으로 탄생하게 됩니다. 사랑하는 사람의 영향을 받아 자아가 변하기 때문입니다. 사랑에 빠지기 전의 당신과 사랑에 빠진 후의 당신은 다를 수밖에 없습니다. 당신은 그 차이를 스스로 느끼기도 하지만, 다른 사람들이 당신에게 그 차이에 대해 알려줄 수도 있습니다. 당신의 관심사, 생활 습관, 시간 관리 방법 등은 사랑하는 사람의 긍정적이고 희망적인 영향을 받습니다. 사랑에 빠지면서 우리는 새롭게 태어나게 됩니다.

어느 정도의 질투심은 관계를 해치지 않습니다. 오히려 관계를 건강하게 합니다. 진화론적인 관점에서 볼 때, 질투심은 구성원들이 잠재적인 위협에 민감하게 반응하도록 하여 관계가 온전하게 유지되는 데 도움이 되는 '적응'이라 할 수 있습니다. 질투심이 많은 사람은 대체로 사랑하는 사람에게 더욱 헌신적인 경향이 있다고 밝혀졌습니다. 하지만 질투심은 잘 모니터링 해야 합니다. 반응적인 또는 정서적인 질투는 의존 및 신뢰와 같은 긍정적인 관계 요인에 의해 예측되는 유형이지만, 비밀리에 파트너의 휴대폰을 확인하는 의심이 가득한 사람은 관계 불안감, 낮은 자부심, 만성적 불안정감 등과 같이 부정적인 상태에 빠질 수도 있기 때문입니다.

👫 1 매일 연인의 새로운 점을 발견하세요. 그러면 당신은 초심을 잃지 않게 되고, 파트너는 당신에게 감사하게 됩니다. 초기에 서로에게 느꼈던 매력을 돌이켜 생각해 낼 수 있게 됩니다.

👫 2 축하하고 기념하세요. 연구에 따르면 우리가 서

로의 좋은 소식에 어떻게 반응하는지를 보면 어떤 관계를 맺고 있는지 알 수 있다고 합니다. 사랑하는 사람이 중요하고 기쁜 소식을 당신에게 전해줄 때 진심으로 축하해 주세요.

3 함께 산책하세요. 사랑하는 사람과 손을 잡고 나란히 걷는 것은 화합과 조화를 이룰 수 있는 좋은 물리적인 방법입니다. 작지만 소중한 순간들을 소중히 여기세요. 사랑하는 사람과의 소중한 추억들은 관계를 돈독하게 합니다.

4 새로운 것을 함께 하세요. 연인과 새롭고 흥미진진한 활동(익스트림 스포츠, 탱고 댄스 등 평소에 접해보지 못한)을 찾아 함께 해 보세요. 연구 결과에 따르면 흥미진진한 활동에 참여하는 연인은 영화감상이나 저녁 식사와 같이 평범한 활동에 참여하는 연인보다 관계에 더 높은 만족감을 느낀다고 합니다.

5 예기치 못한 순간과 예측하지 못한 즐거움은 관계를 강화시킵니다. 단조롭고 규칙적인 일상생활에 의도적으로 변화를 추구하여 가끔씩 상대를 놀라게 해주세요. 일요일 아침에 새로운 브런치 장소로 가거나, 갑

자기 애완견을 입양하거나, 훌쩍 계획에 없는 여행을 떠나는 것은 지루한 생활 패턴을 파괴하는 행위로 건강하고 즐거운 관계를 위해 필요한 좋은 활력소가 됩니다.

👫 6 메모하는 습관을 가지세요. 연구에 따르면, 최근 일어난 문제와 해결책에 대해 중립적인 제3자의 관점으로 꾸준하게 메모를 작성해 온 연인들은 서로에 대한 더 높은 만족감, 열정 및 욕구를 가지고 있는 것으로 나타났습니다. 긴 소설을 쓸 필요는 없습니다. 당신도 상대와 갈등이 생겼을 때 한 달간 5분 동안 조용한 곳에 앉아 분쟁 해결에 관한 짧은 메모를 작성해 보세요.

　사랑은 자연의 힘입니다. 아무리 당신이 원한다 해도 달과 별에게 명령할 수 없습니다. 바람 부는 것을 통제할 수 없고, 지구의 자전을 멈추게 할 수도 없습니다. 사랑도 마찬가지입니다. 사랑을 명령하거나, 요구하거나, 없앨 수 없습니다. 우리는 필요에 따라 비를 내리게 할 수 있는 과학 기술(날씨공정)을 가지고 있지만, 인공적으로 날씨를 바꾸면서 발생하는 문제에 대한 충분한 지식과 이해는 가지고 있지 않습니다. 날씨공정이 지구의 생태적 균형에 어떤 영향을 미치게 되는지 알지 못합니다. 마찬가지로 우리는 사랑을 시작할 수는 있지만, 사랑의 결과는 예측할 수 없고 통제할 수도 없습니다. 한때의 열정이 될지 아니면 함께 꾸는 꿈이 될지 아무도 알 수 없습니다. 사랑은 자유롭습니다. 그 누구도 당신을 강제로 사랑하게 만들지 못하고, 어떤 금액으로도 떠나는 사랑을 잡을 수 없습니다. 충성심, 우정, 관심, 그리고 연민은 살 수 있지만 사랑 자체는 돈으로 살 수 없습니다. 오르가즘은 돈으로 살 수 있지만 사랑은 그럴 수 없습니다. 사랑을 감옥에 가두거나 법으로 만들 수 없습니다. 사랑은 상품도 서비스도 아닙니다. 매입하고 싶을 때 언제든지 적정한 가격으로 매입하고, 매도하고 싶을 때 언제든지 적절한 가격으로 매도할 수 있는 시장성도 없습니다. 사랑에는 국경도 없고, 사랑을 정량화 또는 수치화할 수도 없습니다. 사랑을 보상으로 사용할 수 없습니다. 사랑은 파괴적이고 적대적인 행동을 허용하지 않습니다. 사랑은 정의를 요구하고 부당함에 대해 항의합니다. 사랑은 분노, 슬픔 또는 아픔을 나타내고 상처로부터 자유로워질 수 있는 공간을 허용합니다. 그러나 사랑은 원하는 것을 얻지 못했다고 분노하거나 위협하지 않습니다. 사랑은 오로지 당신이 어떤 사람이 되어가는지에 관심을 갖습니다. 사랑은 동정하고 공감합니다. 사랑은 '너' 또한 '나'라는 것을 인정합니다. 사랑은 모든 영혼의 주권을 존중합니다. 사랑은 그 자체로서 완전한 법입니다. 이것이 진정한 사랑의 본질입니다.

손으로 쓴 연애편지보다 더 낭만적인 것은 없습니다.
한 달에 한 번 사랑하는 사람에게 연애편지를 써보세요.

— 「연애편지」 중에서

PART 3

사랑을 전하는 방법

👫 사용방법

몸과 마음을 깨끗이 한 후
편안하게 앉아 가만히 사랑하는 사람을 떠올려 보세요.
그리고 빈칸을 채워보세요.
다 채운 후 사랑하는 사람에게 보여주세요.
사랑하는 사람이 감동해서 눈물을 흘릴 수도 있으니
센스 있게 휴지도 함께 준비하는 것이 어떨까요?

👫 우리들의 사랑 이야기

(이름)   & (이름)

✧ 우리의 사랑이 시작된 날

                 년   월   일

👫 잠시 생각해 보세요

지금 사랑하고 있는 사람을 당신의 반쪽으로 선택한 이유는 무엇인가요? 어떻게 사랑의 관계가 시작되었나요? 당신을 완성시켜주고 당신의 필요를 채워줄 사람을 찾고 있었나요? 아니면 당신을 행복하게 해 줄 누군가를 찾고 있었나요? 당신이 가지고 있는 기대는 무엇이었나요?

이유:

관계의 시작:

파트너에 대한 기대:

사랑에 대한 기대:

♊Personal Mission Statement (개인 사명 선언문)

사랑하는 사람을 떠올리며 여기에 당신의 개인 사명 선언문을 작성해 보세요.

👫같이 만드는 우리들의 그라운드 룰

그라운드 룰(Ground Rules)이란 행동이나 행위의 기반이
되는 기본 규칙이나 원칙을 말합니다.

1.

2.

3.

4.

5.

👫우리 사랑의 5대 목표 설정하기

당신이 원하는 목표 5가지를 여기에 적어 보세요.

1.

2.

3.

4.

5.

사랑스러운 사랑이야기 💬

👫 긍정적인 결정 내리기

　다음은 긍정적인 에너지 방출에 도움이 되는 문장들입니다. 여기에 더 많은 문장을 추가해 보세요.

1. 예/그렇습니다.

2. 당신의 말에 동의합니다. 당신의 말이 맞습니다.

3. 고맙습니다/감사합니다.

4. 나는 (　　　)을/를 좋아합니다.

5. 나는 (　　　)이 이해가 됩니다.

7. 나는 기쁩니다.

8. 좋습니다/훌륭합니다/멋집니다.

9. 어떻게?/뭐? [이와 같은 열린 질문은 상대방에게 따스하고 긍정적인 견해를 전달합니다.]

10.

11.

12.

13.

14.

15.

🐾 기억에 남는 순간들

　당신과 함께 한 모든 시간은 소중합니다. 마음속에 간직한 최고의 순간을 여기에 구체적으로 적어 보세요.

🐾 우리의 소원

　만약 알라딘의 요술램프 지니가 우리에게 세 가지 소원을 들어주겠다고 한다면?

　첫 번째 소원:

　두 번째 소원:

　세 번째 소원:

🐾 나는 당신과 사랑에 빠졌습니다. 왜냐하면.......

👫우리의 MVP

우리가 주최하는 꿈의 저녁 파티에 반드시 초대해야
하는 게스트 명단

너

나

그리고

👫서로에게 끌린 이유

빵과 버터처럼(상호보완적인)

깍지 안에 들어있는 두 콩알처럼(같은 부류의)

달콤하고 신 것처럼(상반되는)

👫 당신을 생각하면 떠오르는 5개의 형용사

1. _____

2. _____

3. _____

4. _____

5. _____

👫 추억의 사진, 메모, 그림, 스크랩, 티켓, 시 등을 여기에 붙이세요.

사랑스러운 사랑이야기 💬

👫갈등해결메모

년   월   일

최근 우리의 관계에서 일어난 문제

   제3자의 관점으로 문제를 바라보고 떠오르는 해결방법을 여기에 적어봅니다.

👫내 파트너 설명서

"파트너는 어떤 경우에 화를 내나요?"

   파트너를 진정시키거나 화를 누그러뜨리는 효과적인 방법은 무엇인가요?

마지막으로 파트너와 갈등이 일어났을 때를 생각해 보세요.

 당신에게 파트너는 어떻게 반응했나요?

 당신이 무엇을 어떻게 해야 파트너의 화를 진정시킬 수 있었을까요?

 당신은 파트너를 정말로 잘 아는 전문가가 되기 위해 노력해야 합니다. 당신은 어떤 상황에서도 파트너를 위로하고, 효과적으로 진정시킬 수 있어야 합니다. 화재 진압은 초기 3분이 가장 중요하다고 합니다. 당신이 유능한 (초기 진압에 필요한 대처 방법을 정확히 터득한) 소방관이 되길 바랍니다.

좋아하는 걸까? 사랑하는 걸까? 아니면 정욕일까?

 좋아함, 사랑, 그리고 정욕의 차이와 정도를 확인해

보세요.

❖ 좋아함의 척도

▫ 나는 파트너의 판단에 큰 확신을 가지고 있습니다.

▫ 파트너는 내가 가장 좋아하는 사람들 중 한 명입니다.

▫ 나와 파트너는 꽤 비슷하다고 생각합니다.

▫ 나는 파트너가 특이하리만큼 정서적으로 안정되었다고 생각합니다.

❖ 사랑의 척도

▫ 나는 파트너를 위해서라면 그 어떤 것도 할 수 있습니다.

▫ 나는 파트너와 함께 할 수 없다면 참담할 것입니다.

▫ 나는 파트너의 웰빙에 대한 책임을 느낍니다.

▫ 나는 함께 있을 때, 파트너를 바라보는 데 많은 시간을 할애합니다.

❖ 정욕의 척도

▫ 나는 파트너와의 성관계에 대한 생각을 멈출 수 없습니다.

▫ 파트너와 나는 말 대신 우리 몸이 모든 이야기를 하도록 내버려둡니다.

▫ 파트너의 태도와 의견은 우리 관계에서 별로 중요하지 않습니다.

▫ 우리의 관계에서 가장 중요한 부분은 성적인 화학반응입니다.

🧑‍🤝‍🧑 당신의 한계는 어디까지일까요?

당신이 수용할 수 있는 것과 수용할 수 없는 파트너의 일면을 적어보고 그 이유를 생각해 보세요.

받아들일 수 있는 파트너의 일면	
받아들일 수 없는 파트너의 일면	

🧑‍🤝‍🧑 사랑 체크리스트

갈등이 생겼을 때 문제의 원인을 찾아보고 함께 해결책을 찾아 돈독한 관계를 유지해 나가세요.

◆ 받아들임

- □ 상대방은 나의 장점과 약점을 잘 파악하고 있으며, 약점이 있음에도 불구하고 나를 있는 그대로 받아들입니다.
- □ 나는 상대방의 장점과 약점을 잘 파악하고 있으며, 약점이 있음에도 불구하고 있는 그대로 받아들입니다.
- □ 상대방은 내가 실수할 때 용서해 줍니다.
- □ 나는 상대방이 실수할 때 용서해 줍니다.

❖ **안전함과 소통**

- 나는 상대방과 언제든지 다양한 주제를 가지고 편안하게 이야기 나눕니다.
- 나는 상대방에게 깊은 속마음을 털어놓습니다.
- 나는 상대방을 진실되고 정직하게 대합니다.
- 성과 관련된 문제는 상대방과 대화로 풀어나갑니다.
- 의견 충돌로 갈등이 생겼을 때 나는 효과적인 의사소통으로 문제를 해결합니다.
- 의견 대립에서 우리는 보통 해결점을 찾습니다.
- 나는 필요한 것과 나의 느낌을 잘 알고 있으며 그것을 상대방에게 전달하는 데 문제가 없습니다.
- 나는 상대방의 느낌과 요구를 잘 파악하고 있으며 그 요구를 충족시키고 느낌에 알맞게 대처합니다.

❖ **지지와 존중**

- 나는 상대방의 유일한 가치를 인정하고 존중합니다.
- 상대방은 나에게 소질과 재능을 발휘하도록 용기를 줍니다.
- 나는 상대방에게 소질과 재능을 발휘하도록 용기를 줍니다.

❖ **보살핌과 편안함**

- 나는 필요할 때 상대방으로부터 위안을 얻습니다.
- 상대방은 필요할 때 나에게 위안을 얻습니다.
- 우리는 서로에게 애정을 잘 표현합니다.

❖ 개성과 공간

▫ 나는 개인적인 취미생활과 사회활동, 그리고 친구들과의 친교의 시간을 긍정적으로 여기고 사랑하는 사람에게 이 모든 것을 허락해 줍니다.

▫ 상대방은 개인적인 취미생활과 사회활동, 그리고 친구들과의 친교의 시간을 긍정적으로 여기고 나에게 이 모든 것을 허락해 줍니다.

❖ 재미

▫ 나는 사랑하는 사람과 함께하는 시간이 즐겁습니다.

▫ 나는 사랑하는 사람과 같이 즐길 수 있는 많은 것들이 있습니다.

▫ 우리는 함께 잘 웃습니다.

👫 연애편지

손으로 쓴 연애편지보다 더 낭만적인 것은 없습니다. 한 달에 한 번 사랑하는 사람에게 연애편지를 써보세요. 어떤 내용을 담아야 할지 모르겠다면 아래에 주제가 제시되어 있으니 너무 걱정하지 마세요. 당신이 작성한 12개의 손편지는 '타임캡슐'에 담아야 하는 '사랑의 유품'입니다. 당신의 사랑하는 마음과 애정 어린 순간은 오랫동안 간직될 것입니다. 미래에 사랑하는 사람과 함께 개봉하여 읽어 보세요.

1월의 연애편지

나와 당신이 천생연분이라는 것을 알았을 때⋯⋯

2월의 연애편지

내가 사랑하는 "우리"는……

3월의 연애편지

당신에게 약속합니다……

4월의 연애편지
이런 사소한 것으로부터 당신의 사랑을 느낍니다.

5월의 연애편지

당신은 놀라워요. 왜냐하면……

6월의 연애편지

당신에게 전하지 못했던 말은……

7월의 연애편지

당신을 초대합니다……

8월의 연애편지
잊지 않고 기억하겠습니다……

#9월의 연애편지
미래의 우리 모습은……

#10월의 연애편지
당신이 정한 주제로 작성해보세요.

11월의 연애편지

당신이 정한 주제로 작성해보세요.

_____

_____

_____

_____

_____

_____

_____

_____

_____

_____

_____

_____

_____

_____

_____

_____

당신이 정한 주제로 작성해보세요.

♟️ 사랑스러운 쿠폰

사랑하는 사람이 언제든지 사용할 수 있는 쿠폰을 만든다면 여러분은 어떤 쿠폰을 만들고 싶은가요?

아래에 있는 쿠폰 템플릿에 사랑하는 사람에게 전해줄 나만의 사랑스러운 쿠폰을 만들어 보세요. 사용방법, 유효기간, 주의사항을 함께 넣어도 좋습니다.

쿠폰이 완성되면 사랑하는 사람에게 쿠폰을 선물해주세요. 당신이 만든 사랑스러운 쿠폰을 손에 든 사랑하는 사람의 행복한 얼굴이 그려지나요?

❖ 사랑스러운 쿠폰: 당신이 만든 쿠폰

내용을 여기에 담으세요

내용을 여기에 담으세요

내용을 여기에 담으세요

_____

_____

_____

_____

✂

내용을 여기에 담으세요

_____

_____

_____

_____

✂

내용을 여기에 담으세요

_____

_____

_____

_____

✂

내용을 여기에 담으세요

_____

_____

_____

_____

사랑스러운 사랑이야기 ♡

❖ 사랑스러운 쿠폰

야식배달

당신이 먹고 싶은 야식을 (상한가 없이)
모두 배달해 드립니다

사용기간: 아무 때나
만료일: 절대 없음

와일드 카드

당신이 간절히 원하는 것을
(지금, 바로 즉시) 이루어 드립니다

사용기간: 아무 때나
만료일: 절대 없음

혼자만의 시간

반나절 동안 (오롯이) 혼자만의 시간을
보낼 수 있습니다

사용기간: 아무 때나
만료일: 절대 없음

영화 데이트

보고 싶은 영화를 (최상급 좌석에서)
보여 드립니다

사용기간: 아무 때나
만료일: 절대 없음

주말 여행

주말 국내 여행을 책임집니다
예약 필수! (최소 3주 전)

사용기간: 아무 때나
만료일: 절대 없음

로맨틱한 저녁

촛불 은은한 레스토랑에서 (미슐랭
2스타 이상) 로맨틱하고 화려한 저녁
식사를 즐길 수 있습니다

사용기간: 아무 때나
만료일: 절대 없음

당신의 승리

말 다툼 시 (이유를 불문하고) 당신의
승리로 뒤끝 없고 깔끔하게
마무리합니다

사용기간: 아무 때나
만료일: 절대 없음

마사지

몸과 마음을 치유 할 수 있는 (특별한)
마사지를 한 시간 동안 제공합니다

사용기간: 아무 때나
만료일: 절대 없음

사랑스러운 사랑이야기 💬

더 이상 원하는 것이 없습니다. 하고 싶은 말을 모두 담았습니다. 고르고 고른 사랑의 단어로 가득 채웠습니다. 당신도 잘 알다시피 난 시인으로 등단한 사람이 아닙니다. 수개월 동안 창작의 고통을 뼈저리게 느끼며 많이 힘들었지만, 163편의 사랑 가득한 시를 완성하고 드디어 세상에 내놓게 되어 너무나 기쁘고 행복합니다. 이 시 속에 나와 당신, 그리고 우리가 있습니다. 시를 쓰는 내내 당신을 느꼈습니다. 이 순간도 당신과 함께하고 있습니다. 당신도 시를 읽는 동안 나를 느꼈나요?

당신의 매력적이고, 믿음직한 소울메이트가 되기 위하여 나는 당신이 스스로를 도울 수 있도록 힘이 되어드리겠습니다. 흔들림 없이 당신을 믿고 당신의 노력을 인정하겠습니다. 진실되고 결단력 있게 행동하겠습니다. 온전함을 유지하고 당신을 정당하게 대하겠습니다. 당신과의 매 순간을 소중히 여기겠습니다. 당신의 중심에 위치하며 따스한 안내와 지혜를 아끼지 않겠습니다. 맑고 깨끗한 마음, 그리고 정직함을 가지고, 당신에 대한 무조건적인 사랑을 행동으로 실천하겠습니다. 나에게 중요한 것이 무엇인지 절대 잊지 않고 임무와 사명을 다 하겠습니다.

내가 사람의 방언과 천사의 말을 할지라도 사랑이 없으면 소리 나는 구리와 울리는 꽹과리가 되고 내가 예언하는 능력이 있어 모든 비밀과 모든 지식을 알고 또 산을 옮길 만한 모든 믿음이 있을지라도 사랑이 없으면 내가 아무것도 아니요. 내가 내게 있는 모든 것으로 구제하고 또 내 몸을 불사르게 내줄지라도 사랑이 없으면 내게 아무 유익이 없느니라. 사랑은 오래 참고 사랑은 온유하며 시기하지 아니하며 사랑은 자랑하지 아니하며 교만하지 아니하며 무례히 행하지 아니하며 자기의 유익을 구하지 아니하며 성내지 아니하며 악한 것을 생각하지 아니하며 불의를 기뻐하지 아니하며 진리와 함께 기뻐하고 모든 것을 참으며 모든 것을 믿으며 모든 것을 바라며 모든 것을 견디느니라.

－고린도 전서 13장 1절~7절

참고문헌

- Aron, A., Melinat, E., Aron, E. N., Vallone, R. D., & Bator, R. J. (1997). The experimental generation of interpersonal closeness: A procedure and some preliminary findings. Personality and Social Psychology Bulletin, 23(4), 363-377.

- Aron, A., Norman, C. C., Aron, E. N., McKenna, C., & Heyman, R. (2000). Couples shared participation in novel and arousing activities and experienced relationship quality. Journal of Personality and Social Psychology, 78, 273-283.

- Acevedo BP, Aron A, Fisher HE, Brown LL. (2011) Neural correlates of long-term intense romantic love. Social Cognition and Affective Neuroscience. doi: 10.1093/scan/nsq092 First published online: January 5, 2011

- Acevedo, B.P., Aron A., Fisher, H. E, & Brown, L. (2012). Neural correlates of long-term intense romantic love. Social Cognitive and Affective Neuroscience, 7, 145-159.

- Barbara, L. Frederickson (2013) Love 2.0: How Our Supreme Emotion Affects Everything We Feel, Think, Do, and Become. Hudson Street Press.

- Hatfield, E., & Rapson, R. L. (1993). Love, sex, and intimacy: Their psychology, biology, and history. New York: HarperCollins.

- Rubin, Z. (1970). Measurement of romantic love. Journal of Personality and Social Psychology, 16, 265-273.

True love stories never have endings.
— *Richard Bach*

사랑해
펌킨